少年读
太平广记 ②

[宋]李昉 等编撰　杨柏林　刘春艳 编译　　精美插图版

少年读

太平广记

女仙

玄天二女

 **原文诵读**

燕昭王即位二年，广延国来献善舞者二人，一名旋波，一名提嫫(mó)。并玉质凝肤，体轻气馥，绰约而窈窕，绝古无伦。或行无影迹，或积年不饥。昭王处以单绡华幄，饮以瑌珉(ruǎn mín)之膏，饴以丹泉之粟。王登崇霞台，乃召二人来侧。时香风欻(xū)起，徘徊翔舞，殆不自支，王以缨缕拂之，二人皆舞。容冶妖丽，靡于翔鸾，而歌声轻飏。乃使女伶代唱，其曲清响流韵，虽飘梁动尘，未足加焉。其舞一名《萦尘》，言其体轻，与尘相乱；次曰《集羽》，言其婉转，若羽毛之从风也；末曰《旋怀》，言其支体缅曼，若入怀袖也。乃设麟文之席，散华茪之香。香出波弋国，浸地则上石皆香；着朽木腐草，莫不蔚茂；以薰枯骨，则肌肉皆生。以屑铺地，厚四五尺，使二人舞其上，弥日无迹，体轻故也。时有白鸾孤翔，衔千茎穟(suì)，穟于空中，自生花实，落地即生根叶，一岁百获，一茎满车，故曰盈车嘉穟。麟文者，错杂众宝以为席也，皆为云霞麟凤之状，昭王复以衣袖麾之，舞者皆止，昭王知为神异，处于崇霞之台，设枕席以寝宴，遣人以卫之。王好神仙之术，故玄天之女，托形作二人。昭王之末，莫知所在，或游于江汉，或在伊洛之滨，遍行天下，乍近乍远也。(出《王子年拾遗记》)

 **译文**

　　燕昭王登上王位的第二年，广延国前来进献两个善于跳舞的人，一个名叫旋波，一个名叫提嫫。这两个人的身体皮肤都像美玉一样滋润，体态轻盈，气息芳香，姿态柔美而又贤淑美貌，风华绝代，无与伦比。两个女子有时走路既无身影也无足迹，有时常年不饥。昭王用单薄的丝绸制成华丽的帷帐给她们居住，拿玉石的膏液给她们喝，拿丹泉的粟米给她们吃。昭王登上崇霞台，就召二人来陪伴。这时香风吹起，徘徊飞舞，几乎不能自支，昭王用缨缕拂了一下，二女就都跳起舞来。她们容颜妖艳妩媚，华丽胜于翔鸾，而且歌声轻扬。昭王就让女伶代唱，那曲调清脆响亮，和谐的声音如潺潺流水，即使是绕梁惊尘也比不上。她们的舞蹈，一个叫《萦尘》，指的是她们的体质轻盈，可与飞尘相混；另一个叫作《集羽》，指的是她们的舞姿婉转，像羽毛一样随风飘动；最后一个名叫《旋怀》，说的是她们的肢体细美，好像能揽入怀中、装进袖内。昭王于是摆设麟文之席，散发华芜之香。这种香出自波弋国，滴落在地上，土石都变得有香味；洒到朽木腐草之上，草木无不茂盛，用它来熏枯骨，肌肉就都生长出来。用碎末铺地，厚四五尺，让这二人在上面跳舞，跳了一整天，地上也没有痕迹，这是因为她们体轻的缘故。这时有只白鸾孤飞，衔着千茎稻穗，稻穗在空中自动开花结果实，落到地上就生出根和叶了，一年收获上百次，一根茎就装满一车，所以叫作盈车嘉穗。麟文，就

是把众多宝贝错杂起来用它作成一张席,都形成云霞麟凤的形状,昭王又把衣袖挥动了一下,跳舞的人都停下来,昭王知道两个女子是神异之人,就让她们住在崇霞台,安设枕席,并派人守卫她们。昭王喜好神仙道术,所以玄天的女儿托形化作二人。昭王末年,没有人知道这两个女子在哪里,传闻有时在江汉流域,有时在伊水洛水之滨,她们走遍天下,有时走得近,有时走得远。

 读后感悟

世传燕昭王设黄金台以求士,兴燕破齐而跻身七雄之列。一代雄主却喜好神仙之术,代不乏人,惜哉。

崔少玄

 原文诵读

崔少玄者,唐汾州刺史崔恭之小女也。其母梦神人,衣绡衣,驾红龙,持紫函,受于碧云之际,乃孕,十四月而生少玄。既生而异香袭人,端丽殊绝,绀(gàn)发覆目,耳珰及颐,右手有文曰"卢自列妻"。后十八年归于卢陲,陲小字自列。岁余，陲从事闽中，道过建溪，远望武夷山，忽见碧云自东峰来，中有神人，翠冠绯裳，告陲曰："玉华君来乎？"陲怪其言曰："谁为玉华君？"曰："君妻即玉华君也。"因是反告之。妻曰："扶桑夫人、紫霄元君果来迎我！事已明矣，难复隐讳。"遂整衣出见神人。对语久之，然夫人之音，陲莫能辨，逡巡揖而退。陲拜而问之。曰："少玄虽胎育之人，非阴骘所积。昔居无欲天，为玉皇左侍书，谥曰玉华君，主下界三十六洞学道之流。每至秋分日，即持簿书来访志道之士。尝贬落，所犯为与同宫四人，退居静室，嗟叹其事，恍惚如有欲想。太上责之，谪居人世，为君之妻，二十三年矣。又遇紫霄元君已前至此，今不复近附于君矣。"至闽中，日独居静室。陲既骇异，不敢辄践其间。往往有女真，或二或四。衣长绡衣，作古鬟髻，周身光明，烛耀如昼，来诣其室，升堂连榻，笑语通夕。陲至而看之，亦皆天人语言，不可明辨。试问之，曰："神仙秘密，难复漏泄，沉累至重，不可不隐。"陲守其言诫，亦常隐讳。洎陲罢府，恭又解印组，得家于洛阳。陲以妻之誓，不敢陈泄于恭。后二年，谓陲曰："少玄之父，寿算止于二月十七日。某虽神仙中人，生于人世，为有抚养之恩，若不救之，枉其报矣。"乃请其父曰："大人之命，将极于二月十七日。少玄受劬（qú）劳之恩，不可不护。"遂发绛箱，取扶桑大帝金书《黄庭内景》之书，致于其父曰："大人之寿，常数极矣，若非此书，不可救免。今将授父，可读万遍，以延一纪。"乃令恭沐浴南向而跪，少玄当几，授以功章，写于青纸，封以素函，奏

之上帝。又召南斗注生真君，附奏上帝。须臾，有三朱衣人自空而来，跪少玄前，进脯羞，吸酒三爵，手持功章而去。恭大异之，私讯于陲，陲讳之。经月余，遵命陲语曰："玉清真侣，将雪予于太上，今复召为玉皇左侍书玉华君，主化元精炁（qì），施布仙品。将欲反神，还于无形，复侍玉皇，归彼玉清。君莫泄是言，遗予父母之念，又以救父之事，泄露神仙之术，不可久留。人世之情，毕于此矣。"陲跪其前，鸣呼流涕曰："下界蚁虱，黩污仙上，永沦秽浊，不得升举。乞赐指喻，以救沉痼（gù），久永不忘其恩。"少玄曰："予留诗一首以遗子。予上界天人之书，皆云龙之篆，下界见之，或损或益，亦无会者，予当执管记之。"其词曰："得之一元，匪受自天。太老之真，无上之仙。光含影藏，形于自然。真安匪求，神之久留。淑美其真，体性刚柔。丹霄碧虚，上圣之俦（chóu）。百岁之后，空余坟丘。"陲载拜受其辞，晦其义理，跪请讲贯，以为指明。少玄曰："君之于道，犹未熟习。上仙之韵，昭明有时，至景申年中，遇琅琊先生能达。其时与君开释，方见天路。未间但当保之。"言毕而卒。九日葬，举棺如空。发榇（chèn）视之，留衣而蜕。处室十八，居闽三，归洛二，在人间二十三年。后陲与恭皆保其诗，遇儒道适达者示之，竟不能会。至景申年中，九疑道士王方古，其先琅琊人也。游华岳回，道次于陕郊，时陲亦客于其郡，因诗酒夜话，论及神仙之事，时会中皆贵道尚德，各征其异。殿中侍御史郭固、左拾遗齐推、右司马韦宗卿、王建皆与崔恭有旧，因审少玄之事于陲。陲出涕泣，恨其妻所留之诗绝

无会者。方古请其辞，吟咏须臾，即得其旨，叹曰："太无之化，金华大仙，亦有传于后学哉！"时坐客耸听其辞，句句解释，流如贯珠，凡数千言，方尽其意。因命陲执笔，尽书先生之辞，目曰《少玄玄珠心镜》。好道之士，家多藏之。

（出《少玄本传》）

译文

　　崔少玄，是唐代汾州刺史崔恭的小女儿。她的母亲梦到神仙，穿着丝绸衣服，乘着红色的龙，拿着紫色的盒子，在碧云的边际把它交给了她母亲，于是就怀了孕，十四个月生下少玄。少玄出生后奇异的香味扑面而来，容颜端庄秀丽，世上所少有，天青色的头发盖住了眼睛，耳垂上的玉坠拂到双颊，右手有"卢自列妻"等字。十八年后，少玄嫁给了卢陲，卢陲的小字叫自列。结婚一年多，卢陲到闽中担任从事，途中经过建溪，远望武夷山。这时，忽然看到一片碧云从东边山峰飘过来，云中有位神人，戴着翠绿色的帽子，穿着大红色的衣服，对卢陲说："玉华君在吗？"卢陲觉得奇怪，就说："谁是玉华君？"神人说："您的妻子就是玉华君。"后来卢陲回去告诉了妻子，他的妻子说："扶桑夫人、紫霄元君果然来迎接我。事情已经公开了，难再隐瞒了。"于是整衣出去会见神人。互相谈了很久，但都是夫人的声音，卢陲没有办法分辨，犹犹豫豫就作个揖退回去了。卢陲给他妻子下拜，询问她。她说："我虽然是通过娘胎养育的人，但并非父母阴德所积。从前我在无欲天居住,是玉皇的左侍书,称号是玉华君,掌管下界三十六洞学道之流。每到秋分那天,就拿着簿书来寻访有志学道的人。我曾经被贬降,犯的过失是与同宫的四个人,在退居静室时,对寻访学道之人发感慨,恍惚间像是有什么欲念。太上老君责罚我,把我贬居人间来做您的妻子。已经二十三年了。现在遇到紫霄元君前来这里,不能再对您亲近依附了。"到了闽中,少玄每天独自在静室居住。卢陲感到惊奇,也不敢轻易地踏入她的房间。常常有女真人到来,有时两位,有时四位,穿着长长的生丝细绸衣服,梳着古式的发髻,全身闪着光芒,光耀如同白昼,到少玄静室拜访。她们登堂入室,床榻相连,通宵说说笑笑。卢陲到那里去看,她们都说些天人的语言,不能听明白。试着问少玄,少玄说:"神仙的秘密,难再泄露,沉累太重,不可不隐瞒。"卢陲谨守妻子的告诫,也常常隐瞒不说。等到卢陲罢官,其父崔恭又解下印信绶带,得以在洛阳安家。卢陲因为妻子的誓言,也不敢向崔恭陈说泄露其事。两年后,少玄对卢陲说:"我的父亲,寿数在二月十七日终止。我虽然是神仙中人,但生在人世,因为有抚养的恩惠,如果不救他,就屈枉了我的报答之心了。"于是对她的父亲说:"大人的生命将在二月十七日终止,少玄受到您辛劳养育的恩惠,不能不保护您。"就打开深红色的箱子,拿出扶桑大帝金书《黄庭内景》之书,送给她的父亲,说:"大人的寿命,正常的寿数已到终极了,如果没有这本书,不能救您免死。今天我将它交给您,可以读一万遍,用来延长十二年的寿命。"于是让崔恭沐浴之后面朝南跪着,少玄对着几案,把功章传授给他,写在青纸上,用素函封好,向上帝奏

报。又召来南斗注生真君,让他跟着上奏上帝。不一会儿,有三个穿大红衣服的人从空中降下来,跪在少玄面前,进献精美的食品,喝了三杯酒,手拿功章离开。崔恭觉得这事很奇异,就偷偷地问卢陲,卢陲隐瞒不说。经过一个多月,少玄把卢陲叫来告诉他说:"玉清宫中我的那些真人伙伴,将在太上老君处替我洗雪。现在再召我去做玉皇左侍书玉华君,主管化元精气,并施布仙品。我将要返回当神仙,还于无形,再去侍奉玉皇,回到玉清。您不要泄露我这些话,给我父母留下念想。又因为救父之事,泄露了神仙的法术,所以不能久留了。人世的情谊,从此就结束了。"卢陲跪在她的面前,感愧地流着眼泪说:"我只不过是下界的蚁虱一类的小人物,亵渎玷污了上仙,将永远沉沦于浊秽之世,不能飞举升天。我请您明白地赐教,来救我经久难愈之病,我永远不会忘记你的大恩。"少玄说:"我留下一首诗给你。我们上界天人的文字,都是云龙篆字,下界的人见到它,或损或益,也没有领会它的,我当拿笔把它记录下来。"她留下的词句是:"得之一元,匪受自天。太老之真,无上之仙。光含影藏,形于自然。真安匪求,神之久留。淑美其真,体性刚柔。丹霄碧虚,上圣之俦。百岁之后,空余坟丘。"卢陲拜了两次,接过了她的题词,但不明白词句的内容,就跪下请求她讲解贯通,来为他指明。少玄说:"你对于道还没有熟习,上仙的文章,要一定的时间才能彰明。到了景申年间,遇到琅琊先生,他能通晓其意,到那时给您解开疑团,才能见到通天的道路。没弄明白之前,你好好保存它。"话说完,少玄就死了。过了九日安葬,抬起棺材好像是空棺。于是打开棺材查看,只见少玄像蝉蜕皮那样留下衣服离开了。少玄在娘家住了十八年,在闽中住了三年,回到洛阳二年,在人间二十三年。后来,卢陲和崔恭都保存了她留下的诗,遇到通晓儒、道的人都拿给他们看,最终没人明白。到了景申年间,有个九疑道士叫王方古,他的祖先是琅琊人。他游览华山回来,途中在陕郡停留,当时卢陲也在陕郡客居,于是谈诗饮酒晚上聊天,谈论到神仙的事。当时聚会中的人都重道崇德,各自征求那些奇异的事情。殿中侍御史郭固、左拾遗齐推、右司马韦宗卿、王建都与崔恭有老交情,就向卢陲细问少玄的事情。卢陲掉下了眼泪,为他的妻子所留的诗根本没人明白而感到遗憾。王方古请他把那诗句拿出来,吟咏了一会儿,就懂得了那首诗的意思。他叹息说:"太无之化,金华大仙,也有传给后学的吗?"这时座中之客都恭敬地听他的解释,王方古一句一句地解释,流畅得像穿珠一般,共说了几千字,才说完诗意。于是命卢陲执笔,把王先生解释的话全部写了下来,题目叫作《少玄玄珠心镜》。喜欢道术的人,家里大多收藏有这书。

 读后感悟

玉华真君虽为天上神仙,偶有凡俗之念,下界为人,既得雪洗沉冤,蝉蜕升天。

窦玄德

原文诵读

窦玄德，河南人也。贞观中，任都水使者，时年五十七，奉使江西。发路上船，有一人附载。窦公每食余，恒唉附载者，如是数日，欲至扬州，附载辞去。公问曰："何速？"答曰："某是司命使者，因窦都水往扬州，司命遣某追之。"公曰："都水即是某也，何不早言？"答曰："某虽追公，公命合终于此地，此行未至，不可漏泄，可以随公至此。在路蒙公余食，常愧于怀，意望免公此难，以报长者深惠。"公曰："可禳（ráng）否？"答曰："彼闻道士王知远乎？"公曰："闻之。"使者曰："今见居扬州府，幽冥间事甚机密，幸勿泄之。但某在船日，恒赖公赐食，怀愧甚深。今不拯公，遂成负德。王尊师行业幽显，众共尊敬。其所施为，人天钦尚。与人章醮（jiào），有厄难者，天曹皆救。公可屈节咨请，得度斯难。明晚当奉报灭否。"

公既奉敕，初到扬州，长史已下诸官皆来迎。公未论事，但问官僚："见王尊师乎？"于时诸官莫测其意，催遣迎之。须臾，王尊师至，屏左右具陈情事。师曰："比内修行正法，至于祭醮之业，皆所不为。公衔命既重，勉励为作，法之效验，未敢悬知。"于是命侍童写章，登坛拜奏。明晚，使者来报公曰："不免矣。"公又求哀甚切。使者曰："事已如此，更令

奏之，明晚当报。仍买好白纸作钱，于净处咨白天曹吏，使即烧却；若不烧，还不得用。不尔，曹司稽留，行更得罪。"公然之，又白师，师甚不悦。公曰："惟命是遵，愿垂拯济。"师哀之，又奏。明晚使者来，还报云："不免。"公苦问其故，初不肯言，后俯首答曰："道家章奏，犹人间上章表耳。前上之章，有字失体；次上之章，复草书'仍乞'二字。表奏人主，犹须整肃，况天尊大道，其可忽诸？所上之章，咸被弃掷，既不闻彻，有何济乎？"公又重使令其请托，兼具以事白师。师甚悦，云："审尔乎！比窃疑章表符奏，缪妄而已。如公所言，验若是乎？"乃于坛上取所奏之章，见字误书草，一如公言。师云："今奏之章，贫道自写。"再三合格，如法奏之。明旦使者报公云："事已谐矣。"师曰："此更延十二年。"

道术

公谓亲表曰:"比见道家法,未尝信之。今蒙济拔,其验如兹。从今以往,请终身事之。"便就清都观尹尊师受法箓,举家奉道。春秋六十九而卒。(出《玄门灵妙记》)

译文

窦玄德,是河南府人。贞观年间,他担任都水使者,当时五十七岁,奉命到江西出使。启程上船,看到有一个人搭船。窦玄德每次都把吃剩下的饭,给这个搭船人吃,这样的情况有好几天。快要到扬州的时候,这个搭船人告辞离开。窦玄德问他说:"要去哪里?"这人回答说:"我是司命使者,因为窦都水要前往扬州,司命派我追赶他。"窦玄德说:"都水就是我啊,你为什么不早说?"这个人回答说:"我虽然追赶您,您的生命应当在此地终结,但是还没有到地方,不能泄露,所以我跟随您到了这里。在路上承蒙您一路赏我饭吃,内心常常感到惭愧,心中希望免除您的这个灾难,来报答长者深厚的恩惠。"窦玄德说:"可以消灾吗?"这人回答说:"您听说过道士王知远吗?"窦玄德说:"听说过这个人。"使者说:"他现在住在扬州府。阴间的事情非常机密,希望您不要泄露这件事。只是我在船上的日子,总是仰赖您赐给食物,心怀深深的愧疚,现在不救您的话,就成了负德之人。王尊师道行幽深,众人尊敬。他所做的事情,百姓上天都很钦佩。他给人上表祈祷,有灾难的人,天曹都会援救。您可以屈尊向他请求,能够度过这次灾

难。明天晚上我会来报告此难是否消除。"

窦玄德既然是接受王命而来,他刚到扬州,长史以下的各级官吏都来迎接他。他没有谈论公务,只是询问官员僚属:"见到王尊师没有?"当时的各位官员没有人能猜透他的心意,便催促派人去迎接王尊师。不一会儿,王尊师到来,窦玄德就屏退身边的人,详细地陈述了求救的事情。王尊师说:"近年内我修行正法,至于祭祀祈祷一类事,我都没做过。您既然担负重大的使命,我就勉强为您为之,法力的效验,我不能预先知道。"于是王尊师就让侍奉的道童写了陈奏的文书,登坛跪拜上奏。第二天晚上,那个司命使者来报告窦玄德说:"没能免除灾难。"窦玄德又非常恳切地哀求他,使者说:"事情已经这样了,再求王尊师向上天奏明,我第二天晚上向您报告结果。依旧买好白纸作纸钱,在洁净的地方向天曹的官吏诉说,让人立即把纸钱烧掉;不烧掉的话,还是不管用。不这样的话,天曹官署拖延不办,您更要获罪了。"窦玄德认为他说得对,又禀告王尊师,王尊师很不高兴。窦玄德说:"我遵从您的吩咐,望您垂怜拯救一下我。"王尊师觉得他很可怜,又奏报天曹。第二天晚上使者到来,回报说:"没能免除。"窦玄德苦苦追问其中的缘故,使者刚开始不肯说,后来低头回答说:"道家表章上奏,和人间上奏表章一样。前一次上奏的表章,有的字写错了;第二次上奏的表章,'仍乞'二字又写得很潦草。上表向人间之主陈奏,尚且务须工整严肃,何况是向天尊大道陈奏,哪里可以疏忽呢?前两次上奏的表章,都被丢弃了。既然不能使天尊听闻,又能有什么用呢?"窦玄德又重新求请王尊师请托天曹，同时把前面的事情都详细向他说明了。王尊师很高兴地说："确实如此吗！近来我心里怀疑章表符奏只不过是虚妄的而已。如您所说的，真得如此灵验吗！"王尊师就到坛上取过前两次上奏的表章，看到文字错误，书写潦草，全像窦玄德说的那样。王尊师说："这次上奏的表章，贫道亲自来写。"写完后，他再三检查格式，按道家之法把表章奏报上去。第二天早晨，那个使者就来向窦玄德报告说："事情已经成功了。"王尊师说："这次又延长了十二年寿命。"

窦玄德对亲戚说："我以前看到道家的法术，都不曾相信它。如今承蒙道术救济渡难，如此灵验。从今以后，请允许我终身侍奉。"他就到清都观尹尊师那里接受了法箓，全家侍奉道法。六十九岁时，窦玄德去世。

 读后感悟

《论语》说："祭如在，祭神如神在。"没有恭敬之心，不认真投入，祭祀又有什么用呢？世间之事同样如此，认真对待他人的人，也会被他人认真对待。

方士

赵廓

 原文诵读

武昌赵廓,齐人也。学道于吴永石公,三年,廓求归,公曰:"子道未备,安可归哉?"乃遣之。及齐行极,方止息,同息吏以为法犯者,将收之。廓走百余步,变为青鹿。吏逐之。遂走入曲巷中。倦甚,乃蹲憩之。吏见而又逐之,复变为白虎,急奔,见聚粪,入其中,变为鼠。吏悟曰:"此人能变,斯必是也。"遂取鼠缚之,则廓形复焉,遂以付狱。法应弃市。永石公闻之,叹曰:"吾之咎也。"乃往见齐王曰:"吾闻大国有囚,能变形者。"王乃召廓,勒兵围之。廓按前化为鼠,公从坐翻然为老鸱(chī),攫(jué)鼠而去,遂飞入云中。(出《列仙传》)

 **译文**

武昌的赵廓,是齐国人。他跟从吴国人永石先生学习道术,学了三年,赵廓请求回去,先生说:"你的道术还没有全部学会,怎么可以回去呢?"于是把他打发走了。赵廓来到齐地,走累了便停下休息,一位同他在一起休息的官吏以为他是个罪犯,要捉拿他。赵廓跑出一百多步,变成一只青鹿。官吏追逐他。赵廓跑进一条弯弯曲曲的小巷子,因为太疲倦就蹲下

来休息。官吏看见又追逐他，赵廓又成一只白色的老虎，急忙奔逃，看到前面有一个粪堆，便钻了进去，变成一只老鼠。官吏顿然明白过来，想："这个人是会变的，这只老鼠一定就是他！"他于是捉住老鼠，用绳子捆了。赵廓此时也恢复了原形，官吏就将他抓进了监狱。按照法律，赵廓当判为暴尸街头。永石先生听到消息后叹道："这是我的过错呀！"他便急忙去见齐王，说："听说大齐国有一个囚徒，就是能变形的那个。"齐王派人将赵廓带出牢房，率领士兵将他团团围住。赵廓按照前面的方法变化为一只老鼠，永石先生便从自己的座位上翻然变为一只老鹰，捉住老鼠就跑，展开双翅飞入云里。

读后感悟

赵廓学道，徒增笑耳。

王山人

原文诵读

唐太尉卫公李德裕为并州从事，到任未旬月，有王山人诣门请谒。与之及席，乃曰："某善按冥数。"初未之奇。因

请虚正寝，备几案纸笔香水而已，令垂帘静伺之。生与之偕坐于西庑下。顷之，王生曰："可验之矣。"纸上书八字甚大，且有楷注，曰："位极人臣，寿六十四。"生遽请归，竟亦不知所去。及会昌朝，三策至一品，薨(hōng)于海南，果符王生所按之年。(出《松窗录》)

 译文

唐朝太尉李德裕担任并州从事，到任不满一个月，有个王山人登门求见。跟他一起落座后，王山人便说："我能预见未来的事。"李德裕刚开始没有感到奇怪。王山人便请他假装睡好了，准备下桌案、纸笔、香水，完毕，叫人放下帘子静静地等候。王山人和他一起坐在正房对面西侧的小房子里。过了一会儿，王山人说："可以验证一下了。"只见纸上写着八个大字，而且有楷书写的注释，是："位极人臣，寿六十四。"王山人马上请求回去，最终不知道到哪里去了。到了会昌年间，李公三次受封，官至一品，最后死于海南，果然符合王山人所算的年岁。

 读后感悟

李商隐诗说："日暮灞陵原上猎，李将军是旧将军。"李德裕功德盖世，竟得流窜海岛而死的结局。

韩稚

 **原文诵读**

汉惠帝时,天下太平,干戈偃息,远国殊乡,重译来贡。时有道士韩稚者,终之裔也,越海而来,云是东海神君之使,闻圣德洽于区宇,故悦服而来庭。时东极扶桑之外,有泥离国,亦来朝于汉。其人长四尺,两角如茧,牙出于唇,自腰已下有垂毛自蔽,居于深穴,其寿不可测也,帝云:"方士韩稚解绝国言,问人寿几何,经见几代之事。"答云:"五运相因,递生递死,如飞尘细雨,存殁不可论算。"问女娲已前可问乎,对曰:"蛇身已上,八风均,四时序。不以威悦,搅乎精运。"又问燧人以前,答曰:"自钻火变腥以来,父老而慈,子寿而孝。牺轩以往,屑屑焉以相诛灭,浮靡嚻薄,淫于礼,乱于乐,世欲浇伪,淳风坠矣。"稚具以闻,帝曰:"悠哉杳昧,非通神达理者难可语乎斯道矣。"稚亦以斯而退,莫之所知。(出《王子年拾遗记》)

 **译文**

汉惠帝时,天下太平,战争停止,远方的国家和偏僻的边疆,都前来朝贡。当时有个道士叫韩稚的,是韩终的后代,他

渡海而来，自称是东海神君的使者，听说汉朝皇帝圣明的德政遍施于寰宇，所以心悦诚服而前来朝拜。当时在东面很远处扶桑以外的地方，有个泥离国，也来向汉廷朝拜。那人身高四尺，头上有两个角像蚕茧，长长的牙齿露在嘴唇外面，从腰部往下生着长长的毛遮蔽着，住在深洞里，他的岁数没法推测，汉惠帝说："方士韩稚懂得远方国家的语言，问问这个人有多大岁数，经历过几代的事情。"这个人回答说："五运相因，生死相连，就像飞尘细雨一样，活着多少代死了多少代是无法计算的。"问他女娲以前的事知道与否。他回答说："在蛇身人以前，八方的风就有规律地吹着，四个季节就有序地变化着。人们不分强弱，能够掌握万物运行的精要而生存着。"又问他燧人氏以前的事情，回答说："自从钻木取火改变腥膻以来，父辈年老而慈祥，子辈年壮而孝敬。自伏牺氏、轩辕氏以后，就有各种原因频繁地互相杀伐，虚华不实，嚣闹浇薄，礼仪过度，音乐放纵，世俗浇离虚伪，淳朴的风气丧失了。"韩稚把这个人说的话全部告诉了皇帝，皇帝说："混沌蒙昧的年代真是遥远啊，不是通神达理的人是很难跟他讲清这些道理的啊！"韩稚也因此而告退，没有人知道他去了哪里。

 读后感悟

上古时代，遥远蒙昧，人民淳朴，父慈子孝。大凡此类，皆是后世人之良好愿望罢了。

王守一

原文诵读

唐贞观初,洛城有一布衣,自称终南山人,姓王名守一,常负一大壶卖药。人有求买之不得者,病必死,或急趁无疾人授与之者,其人旬日后必染沉痼也。柳信者,世居洛阳,家累千金,唯有一子。既冠后,忽于眉头上生一肉块。历使疗之,不能除去,及闻此布衣,遂躬自祷请,既至其家,乃出其子以示之。布衣先焚香,命酒脯,犹若祭祝,后方于壶中探一丸药,嚼傅肉块,复请具樽俎。须臾间,肉块破,有小蛇一条突出在地,约长五寸,五色烂然,渐渐长及一丈已来。其布衣乃尽饮其酒,叱蛇一声,其蛇腾起,云雾昏暗。布衣忻然乘蛇而去,不知所在。(出《大唐奇事》)

译文

唐朝贞观初年,洛阳城有一个平民,自称是终南山人,姓王名叫守一,常常背着一个大壶卖药。有人向他买药却买不到时,则必然会病重而死。有时他给没病的人送药,因为这人十天后必定染上重病。柳信,世代都住在洛阳,家财万贯,只有一个儿子。儿子成年后,忽然在眉头生出个肉块。多次让人治

疗，肉块也不能除掉，听说王守一医术高明，他便亲自登门祈求，请到家里之后，便叫出儿子让他看。王守一先点上香，叫人摆上酒肴果脯，就像祭奠一样，然后才从药壶里取出一丸药，用嘴嚼了敷在肉块上，又叫摆上酒肉筵席。很快，肉块破了，有一条小蛇露出来掉在地上，长约五寸，五彩斑斓，渐渐长到一丈长。王守一把筵席上摆的酒喝光了，对着蛇呵斥一声，那条蛇便腾空跃起，云雾昏暗。王守一开心地乘着蛇离开，不知道去了哪里。

读后感悟

良医难得，自古皆然。扁鹊华佗，世不一见。

奚乐山

原文诵读

上都通化门长店，多是车工之所居也。广备其财，募人集车，轮辕辐毂，皆有定价。每治片辋(wǎng)，通凿三窍，悬钱百文。虽敏手健力器用利锐者，日止一二而已。有奚乐山也，携持斧凿，诣门自售。视操度绳墨颇精，徐谓主人："幸分别辋

材，某当并力。"主人讶其贪功，笑指一室曰："此有六百片，可任意施为。"乐山曰："或欲通宵，请具灯烛。"主人谓其连夜，当倍常功，固不能多办矣，所请皆依。乐山乃闭户屏人，丁丁不辍。及晓，启主人曰："并已毕矣，愿受六十缗而去也。"主人洎(jì)邻里大奇之，则视所为精妙，锱铢无失，众共惊骇。即付其钱，乐山谢辞而去。主人密候所之。其时严雪累日，都下薪米翔贵。乐山遂以所得，遍散与寒乞贫窭不能自振之徒，俄顷而尽。遂南出都城，不复得而见矣。（出《集异记》）

译文

上都长安通化门长店，多是车工所居住的地方。店主准备很多钱财，招募工匠制作车上的零件，车轮、车辕、车辐、车毂等，都有一定的价格。每制作一片车辋，在上面凿通三个孔，悬赏工钱一百文。即使力气大、手头快、工具锋利的人，一天也只能做一两片。有个叫奚乐山的人，带着斧凿等工具，上门来求职。他看到这里划线用的墨斗标尺之类的用具非常精良，便不慌不忙地对店主人说："希望你把做辋的材料都挑出来，我要竭尽全力。"主人惊讶他如此贪功，笑着指着一间房子说："这里面有六百片做辋的材料，你可以随意施展你的本领。"乐山说："可能要通宵做工，请准备灯火蜡烛。"主人认为他连夜干活，应当会做出两倍的活，一定不能再多做了，就答应了他的请求。乐山就关上房门，屏退他人，叮叮当当地干了

异人

起来，等到天亮，告诉主人说："都做完了，希望给我六十缗钱，让我离开。"主人及邻里们大为惊奇。但是检查他做的零件，都非常精妙，没有一点差错，大家都感到吃惊。主人于是付给他钱，乐山辞谢离开。主人偷偷观察他的去向。当时连日下雪，天气严寒，京城内柴火米粮价格飞涨。乐山便将自己的工钱，散发给那些贫寒乞讨不能自给的人，很快就发完了。于是他向南走出京城，消失了。

读后感悟

奚乐山真奇人，有鲁班之技艺，鬼神之工巧，得钱而能散之于贫民，赈济危困，可叹。

异僧

释摩腾

原文诵读

释摩腾,本中天竺人也,美风仪,解大小乘经,常游化为任。昔经往天竺附庸小国,讲《金光明经》,会敌国侵境,腾惟曰:"经云:'能说此法,为地神所护,使所居安乐。'今锋镝方始,曾是为益乎?'"乃誓以罄身,躬往和劝,遂二国交欢,由是显誉。逮汉永平中,明帝夜梦金人飞空而至,乃大集群臣以占所梦。通人傅毅奏曰:"臣闻西域有神,其名曰佛。陛下所梦,将必是乎。"帝以为然。即遣郎中蔡愔(yīn)、博士弟子秦景等使往天竺,寻访佛法。愔等于彼,遇见摩腾,要还汉地。腾誓志弘通,不惮疲苦,冒涉流沙,至乎雒(luò)邑。明帝甚加赏接,于城西门外立精舍以处之。汉地有沙门之始也。但大法初传,人未皈信,故蕴其深解,无所宣述。后少时,卒于洛阳。有记云:腾译《四十二章经》一卷,初缄在兰台石室第十四间中。腾所住处,今洛阳城西雍门外白马寺是也。相传云,外夷国王尝毁破诸寺,唯招提寺未及毁坏,夜有一白马绕塔悲鸣。即以启王,王即停坏诸寺。因改招提以为白马,故诸寺立名,多取则焉。(出《高僧传》)

译文

释摩腾本是中天竺人,他仪表俊美,了解大乘与小乘的门径,常常把周游教化作为自己的责任。他以前游化到天竺的附属小国,讲诵《金光明经》,恰逢敌国侵犯边境,摩腾便说:"佛经说:'能够宣讲这部佛法,就能受到地方神灵的保护,使人们安居乐业。'如今战争才兴起,做它是最有益的吗?"于是他决心以自己的全部精力,亲身到对方阵营劝和,这两个国家终于交好,摩腾也由此声誉彰显。到了汉朝永平年间,汉明帝夜晚梦见有个金人从天上飞到他面前,于是召集群臣来占卜这个梦的含义。通人傅毅上奏说:"我听说西域有一位神,名字叫佛。陛下所梦到的那个金人,想必就是佛了。"明帝认为他说得很对。马上派遣郎中蔡愔、博士弟子秦景等人出使天竺,寻访佛法。蔡愔等人到了天竺后,遇见了摩腾,邀请他来到汉朝。摩腾立志弘扬佛教,不害怕疲劳辛苦,经过流沙荒野,来到洛阳。明帝非常盛情地接待了他,在洛阳城西门外修筑精舍安排他住在那里。这是汉朝有出家人的开始。只是佛教刚刚传播,人们不皈依信奉,摩腾只好将自己对佛教的深刻理解蕴藏在心里,没有办法宣讲。过了不久,他在洛阳去世。有关他的传记说:摩腾翻译了一卷《四十二章经》,当初藏在兰台石室的第十四间里面。他住的地方,就是现在洛阳城西雍门外的白马寺。相传说,外族的国王曾经要毁坏所有的寺庙,只有招提寺还没有来得及毁坏,夜间有一匹白马绕着寺塔发出悲惨的嘶叫声。有人

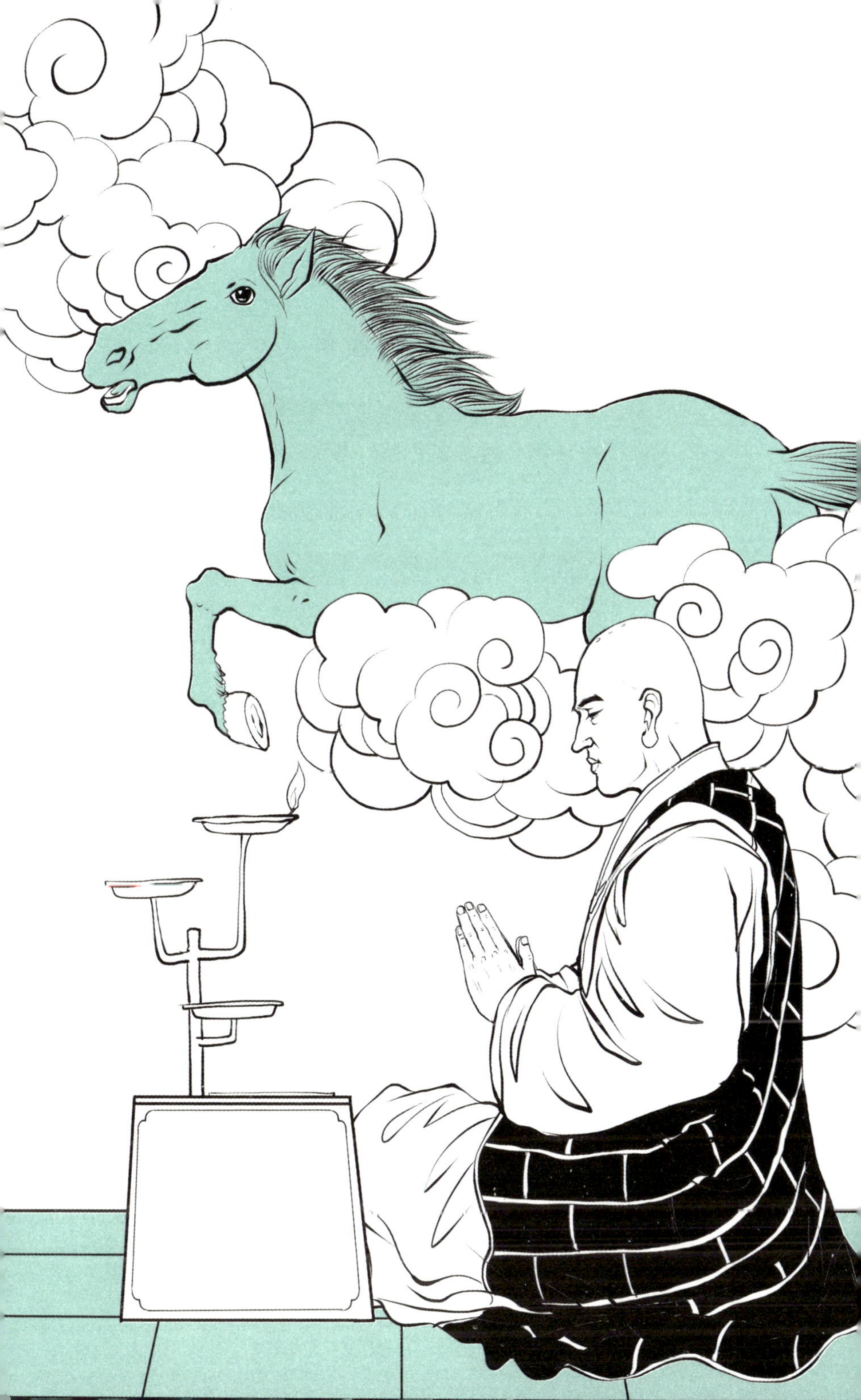

把这件事禀报了国王,国王便停止了毁坏各个寺庙。因此把招提寺改名为白马寺,所以其他各寺取名时,大多效仿白马寺。

读后感悟

佛教东传,为中国文化史上一件大事。儒道释之融合,确立了中国古人的基本处世的态度。

玄奘

原文诵读

沙门玄奘俗姓陈,偃师县人也。幼聪慧,有操行。唐武德初,往西域取经,行至罽(ji)宾国,道险,虎豹不可过。奘不知为计,乃锁房门而坐。至夕开门,见一老僧,头面疮痍,身体脓血,床上独坐,莫知来由。奘乃礼拜勤求。僧口授《多心经》一卷,令奘诵之。遂得山川平易,道路开辟,虎豹藏形,魔鬼潜迹。遂至佛国,取经六百余部而归。其《多心经》至今诵之。初奘将往西域,于灵岩寺见有松一树,奘立于庭。以手摩其枝曰:"吾西去求佛教,汝可西长;若吾归,即却东回。使吾弟子知之。"及去,其枝年年西指,

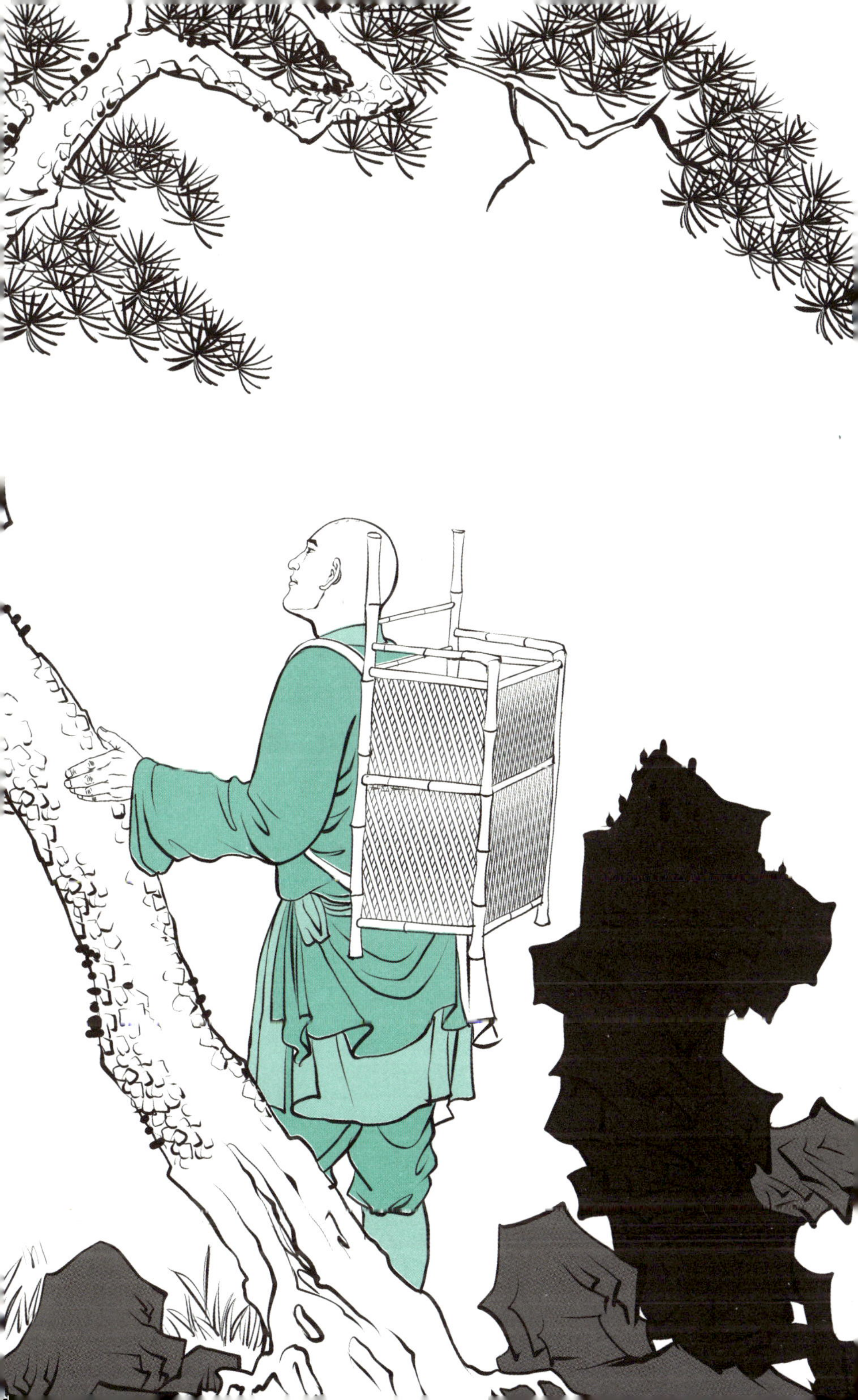

约长数丈。一年忽东回,门人弟子曰:"教主归矣!"乃西迎之。奘果还。至今众谓此松为摩顶松。(出《独异志》及《唐新语》)

译文

玄奘和尚俗家姓陈,是偃师县人。玄奘自幼聪明智慧,有操守德行。唐高祖武德初年,前去西域取经,走到罽宾国时,道路险峻,虎豹出没,无法通过。玄奘不知道怎么办,便锁上房门在屋里静坐。到了晚上开门时,见有一个老和尚,满脸创伤、浑身是脓血,一个人坐在床上,不知是从哪里来的。玄奘施礼拜见,苦苦恳求他帮助自己通过险途。老和尚向他口头传授《心经》一卷,又让玄奘自己吟诵一遍。于是山川变得平

异僧

展,道路开阔,虎豹隐藏起来,魔鬼销声匿迹。玄奘最终到达了佛教起源地天竺,取回六百多部经书返回。那一卷《心经》,至今仍被传诵。当初玄奘要去西域的时候,在灵岩寺看见有一松树,他站在庭院里用手抚摩这棵松树的树枝说:"我去西方求取佛法,你可以朝着西面生长;如果我往回来,你就掉转方向往东生长,以便使我的弟子们知道我的行踪。"等玄奘离开时,这棵松树的枝条年年指向西方,长约几丈。有一年,忽然转向东方,门徒弟子们说:"教主回来了!"便去迎接他。玄奘果然返回。直到现在人们都叫这棵松树为摩顶松。

读后感悟

玄奘西游取经,辗转流徙,始获成功,对中西文化交流产生了重大影响。

释证

僵僧

原文诵读

唐元和十三年,郑滑节度使司空薛平、陈许节度使李光颜并准诏各就统所部兵自卫入讨东平,抵濮阳南七里,驻军焉。居人尽散,而村内有窣堵波者,中有僵僧,瞪目而坐,佛衣在身。以物触之,登时尘散。众争集视,填咽累日。有许卒郝义曰:"焉有此事?"因以刀刺其心,如枨(chéng)上壤。义下塔不三四步,捧心大叫,一声而绝。李公遂令摽茙(jué)其事,瘗于其下。明日,陈卒毛清曰:"岂有此乎?昨者郝义因偶会耳。"即以刀环筑去二齿。清下塔不三四步,捧颐大叫,一声而绝。李公又令摽茙其事,瘗于其下。自是无敢犯者。而军人祈福乞灵,香火大集,往环三四里,人稠不得入焉。军人以钱帛衣装檀施,环 二里而满焉。司空薛公因令军卒之战伤疮重者,许其落籍居。不旬日,则又从军东入,而所聚之财,为盗贼挈去,则无怪矣。至今刀疮齿缺,分明犹在。(出《集异记》)

译文

唐朝元和十三年,郑滑节度使司空薛平、陈许节度使李光

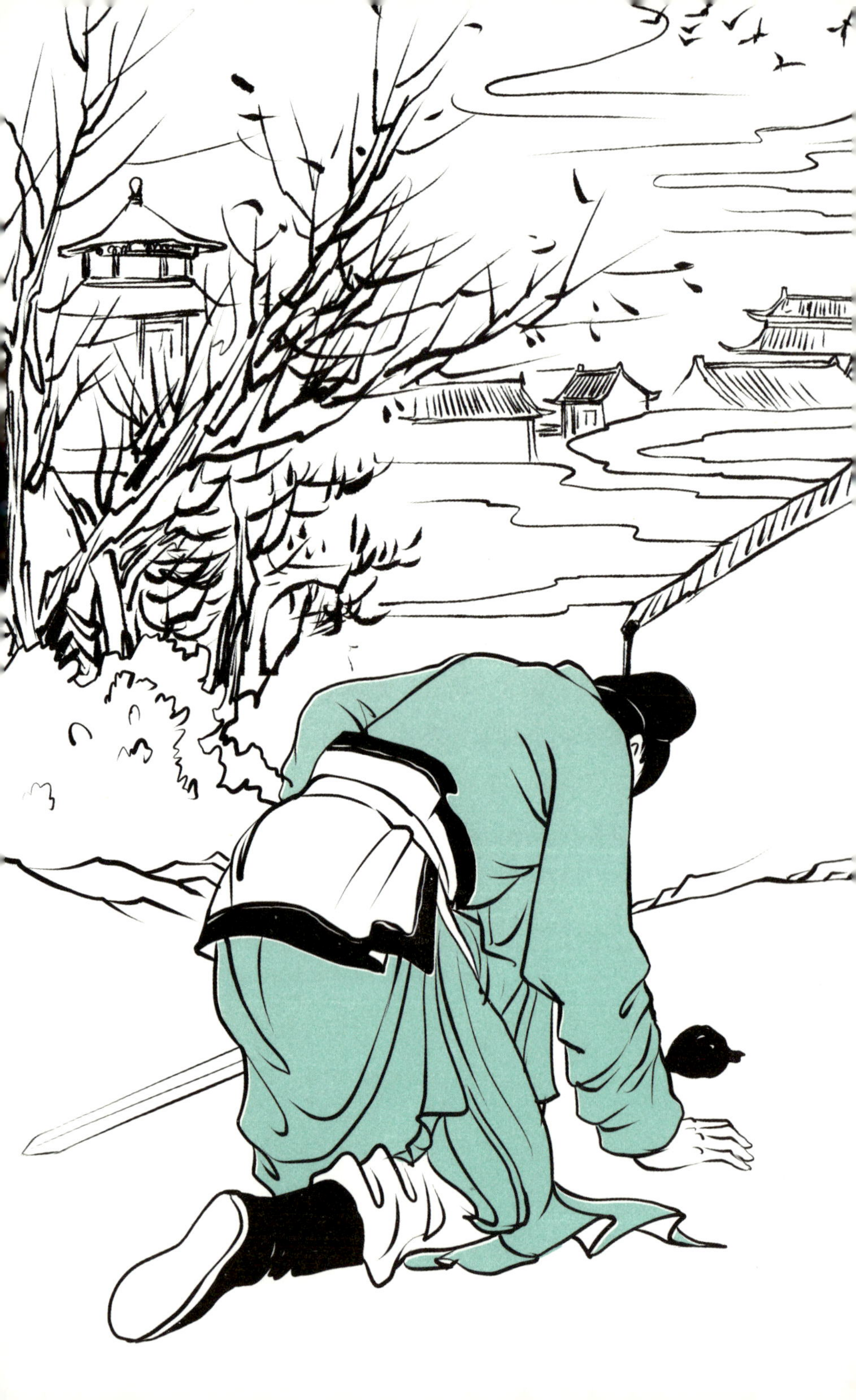

颜都被下诏允许各自统帅所领的军队自卫前去讨伐东平，抵达濮阳南七里，在那里驻军。居民全都走散，而村内有一座佛塔，塔中有一位僵死的和尚，瞪着眼睛坐着，佛衣穿在身上。用东西去触动他，马上就像尘土一样散落。大家争着围观，多日来挤得满满的。有一个许州士卒郝义说："哪里有这等事？"于是用力去刺他的心，就像触动上面的土壤。郝义走下塔不到三四步，就捧着心大叫一声而气绝。李公于是命人为这件事表记，埋在塔的下面。第二天，陈州士卒毛清说："怎么能有这样的事？昨天郝义的死只是因为碰巧罢了。"用刀从僵僧嘴里敲掉一颗牙齿。毛清走下塔不到三四步远，也捂着脸面大叫一声气绝。李公又让人为这件事表记，埋在塔的下面。从此再也没有敢去冒犯的了。而驻扎在这里的人祈求神灵降福保佑，香火不断，周围三四里远的范围内，进香的人群拥挤不堪。驻扎在这里的军人又把钱帛、衣装等送去，周围一二里也挤满了。司空薛公答应让作战负伤严重的士兵在那里定居下来。不到十日，他们就又跟从军队东进，而所聚集的财物，被盗贼带走，那也是没有什么奇怪的了。至今那僵僧的刀伤缺齿，分明还在。

读后感悟

因果轮回虽然不能看到，向善之心却须时时铭记。

报应

裴度

原文诵读

唐中书令晋国公裴度，质状眇小，相不入贵，屡屈名场，颇亦自惑。会有相工在洛中，大为缙绅所神。公特造之，问命，相工曰："郎君形神，稍异于人，不入相。若不至贵，即当饿死。今则殊未见贵处，可别日垂访，为君细看。"公然之。他日出游香山寺，徘徊于廊庑间，忽见一素衣妇人，致缇褶于僧伽栏楯之上，祈祝良久，瞻拜而去。少顷，度方见缇褶在旧处，知其遗忘也，又料追付不及，遂收取，以待妇人再至，日暮竟不至，度挈归逆旅。诘旦，复携往，寺门始辟，睹昨日妇人，疾趋而至，怆声惋叹，若有非横。度从而问之，妇人曰："阿父无罪被系，昨贵人假得玉带二犀带一，直千余缗，以赂津要，不幸失去于此。今老父不测之祸，无所逃矣。"度怃然，复细诘其物色，因而授之。妇人拜泣，请留其一，度笑而遣之。寻诣昔相者，相者审度，声色顿异，惊叹曰："此必有阴德及物，前途万里，非某所知也。"度因以前事告之。度果位极人臣。（出《摭言》）

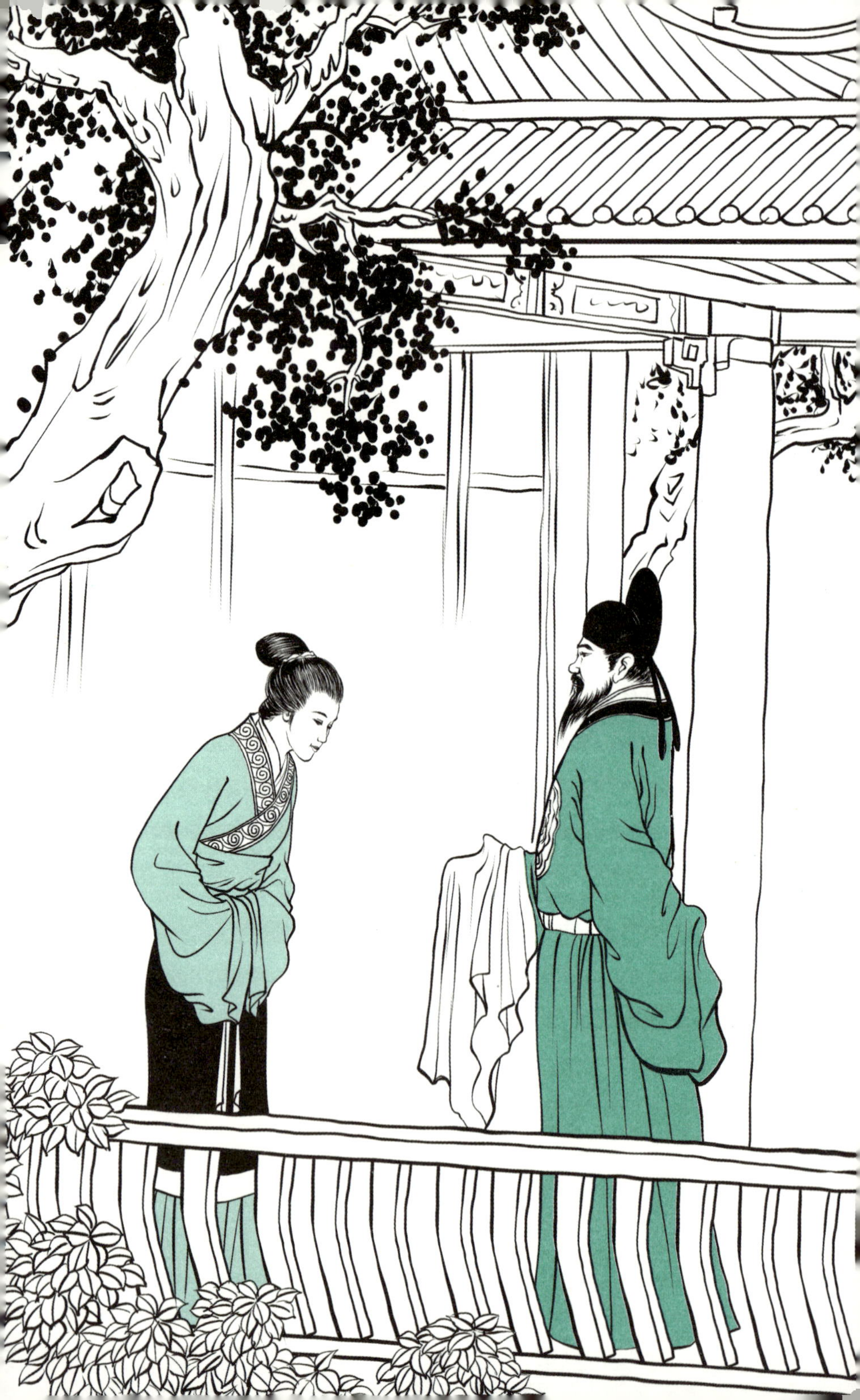

译文

　　唐朝中书令晋国公裴度，身材瘦小，相貌上看并非高贵之人。他多次在功名场上受挫，自己也感到很疑惑。恰逢有个相面的人在洛中，很被士大夫官员们推崇。裴度特意拜访了他，询问命运，相面的人说："郎君你的相貌神采，同一般人稍有不同，没有显现在脸上。如果达不到最显贵的地步，就会被饿死。现在还看不出来贵处，可再过些天来访，我给你仔细看看。"裴度答应了。有一天，他去游览香山寺，在走廊和侧房之间徘徊，忽然看见一个穿素色衣服的妇女，把一件丹黄色贴身单衣放在寺庙的栏杆上，祈祷祝愿很长时间，瞻仰拜谢之后离开。过了一会儿，裴度才看见那件单衣还放在原处，知道是那个妇女遗忘了，又考虑追上送给她已经来不及了，于是就收起来，等待那妇女再返回来还给她，天黑了，那女子还不见来，裴度就带着回到旅馆。第二天早晨，又带着那件衣服去了，寺门刚开。他看到昨天那个妇女急急忙忙跑来，惋惜长叹，好像有什么意外的灾祸。裴度就跟上去问她出了什么事。那妇女说："我的父亲没有罪却被拘押起来。昨天有个贵人给我两条玉带、一条犀牛带，价值一千多串钱，我打算用它来贿赂主管的人，不幸在这里丢失了，现在我老父亲不可预测的大祸没有办法逃脱了。"裴度悲悯，又仔细地追问那东西的颜色，都说对了，然后就还给了她，那妇女哭着拜谢，请裴度留下名条，裴度笑着打发了她。不久，他又到以前相面的人那里，相

面的人仔细审看之后，声音和脸色都变了，惊叹说："这种面相一定是有阴德到了你的身上，前途不可限量，这不是我所能知道的。"裴度就把前几天的事告诉了他。裴度后来果然位极人臣。

读后感悟

裴度为中唐名臣，历仕三朝，平定叛乱，再造中兴，时人以郭子仪比之。

杜伯

原文诵读

杜伯名曰恒，入为周大夫。宣王之妾曰女鸠，欲通之，杜伯不可。女鸠诉之宣王曰："窃与妾交。"宣王信之，囚杜伯于焦，使薛甫与司空锜(qi)杀杜伯，其友左儒九谏而王不听。杜伯既死，为人见王曰："恒之罪何哉？"王召祝，而以杜伯语告，祝曰："始杀杜伯，谁与王谋之？"王曰："司空锜也。"祝曰："何以不杀锜以谢之？"宣王乃杀锜，使祝以谢之。伯犹为人而至，言其无罪。司空锜又为人而至曰："臣何罪之有?"宣王告皇甫曰:"祝也为我谋而杀人,吾杀者又皆为人而见诉,奈何?"皇甫曰:"杀祝以谢,可也。"宣王乃杀祝以兼谢焉,又无益,皆为人而至,祝亦曰:"我焉知之,奈何以此为罪而杀臣也?"后三年,宣王游圃田,从人满野。日中,见杜伯乘白马素车,司空锜为左,祝为右,朱冠起于道左,执朱弓彤矢,射王中心,折脊,伏于弓衣而死。(出《还冤记》)

译文

　　杜伯名叫杜恒，入朝做了周王室的大夫。周宣王的小妾叫女鸠，想要同杜伯私通，杜伯没有答应。女鸠对周宣王说："杜伯私下与我交往。"周宣王相信了她的话，把杜伯囚禁在焦地，派遣薛甫和司空锜杀掉了杜伯，杜伯的朋友左儒多次劝谏周宣王而周宣王没有听从。杜伯死后，变成人形拜见周宣王说："我杜恒有什么罪过呢？"周宣王召来巫祝，把杜伯的话告诉了他，巫祝说："当初杀杜伯时，是谁给大王出的主意？"周宣王说："是司空锜。"巫祝说："为什么不杀掉司空锜来谢罪呢？"周宣王就又杀了司空锜，让巫祝来谢罪。可是杜伯还是变成人来，说他没有罪。司空锜也变成人来说："臣有什么罪？"周宣王把这事又告诉了皇甫，说："巫祝给我出主意让我杀人，我杀

的人又都变成人来向我诉冤，怎么办呢？"皇甫说："只好杀了巫祝来谢罪，就可以了。"周宣王就杀了巫祝向前两人谢罪，还是没有用，他们又都变成人来找周宣王，巫祝还说："我哪里知道，为什么以这些罪名杀了我？"三年以后，周宣王到田圃打猎，跟从的人遍布山野。中午时分，只见杜伯乘着白马拉着白色的车，司空锜在左，巫祝在右，戴着红帽子从道路左边奔突而来，他拿着红弓，搭上红箭，正好射中周宣王的心脏，周宣王的后脊梁都被射断了，倒在装弓的袋子上死了。

读后感悟

偏听偏信，终于败亡。

乾宁宰相

原文诵读

唐乾宁二年，邠州王行瑜会李茂贞、韩建入觐，决谋废立。帝既睹三帅齐至，必有异谋，乃御楼见之。谓曰："卿等不召而来，欲有何意？"茂贞等洽背不能对，但云："南北司紊乱朝政，因疏韦昭度讨西川失谋，李磎(xī)麻下，为刘崇鲁所哭，陛下不合违众用之。"乃令宦官诏害昭度已下，三帅乃还镇。内外冤之。初王行瑜跋扈，朝廷欲加尚书令，昭度力止之曰："太宗以此官总政而登大位，后郭子仪以六朝立功，虽有甚名，终身退让。今行瑜安可轻授焉。"因请加尚父，至是为行瑜所憾而被害焉，后追赠太师。李磎字民望，拜相麻出，刘崇鲁抱之而哭，改授太子少傅。乃上十表，及讷谏五篇，以求自雪，后竟登庸，且讦(jié)崇鲁之恶。时同列崔昭纬与韦昭度及磎素不相协，王行瑜专制朝廷，以判官崔铤入阙奏事，与昭纬关通，因托铤致意。由是行瑜率三镇胁君，磎亦遇祸。其子浣，有高才，亦同日害之。磎著书百卷，号李书楼，后追赠司徒。太原李克用破王行瑜后，崔昭纬贬而赐死。昭皇切齿下诏捕崔铤，亦冤报之验也。（出《北梦琐言》）

译文

唐朝乾宁二年,邠州人王行瑜和李茂贞、韩建入朝觐见皇帝,决定谋划废立皇帝的事。皇帝看到三镇统帅一齐来到,知道他们一定图谋不轨,就在御楼上接见了他们。对他们说:"卿等不被召见就来朝,将要有什么企图?"茂贞等人背地商量,不能作答,只说:"南北司紊乱朝政,因此他们上疏说韦昭度讨伐西川失策,李磎拜相的诏书下达,刘崇鲁抱着诏书痛哭,陛下不应该违背众人的意愿而任用这些人。"皇帝于是让宦官下诏杀害了韦昭度等人,这三帅这才回到本镇。朝廷内外都为韦昭度等人感到冤枉。当初王行瑜飞扬跋扈,朝廷想给他升尚书令的职位。韦昭度竭力阻止说:"太宗皇帝是用这个官职总领朝政而登上皇位,后来郭子仪身为六朝元老立了大功,虽然很有声望,但他终身谦恭退让,现在怎么能轻率地授予行瑜此官衔呢?"因此请求给他加尚父衔,从这以后,韦昭度被行瑜所怀恨而导致被杀害。后来,韦昭度被追赠为太师。李磎字民望,拜相后诏书下达,刘崇鲁抱着诏书痛哭,又改授为太子少傅。于是上了十表,还有纳谏五篇,用来求得洗清自己,后竟然被重用,并且揭发了刘崇鲁的恶事。那时,同僚崔昭纬与韦昭度和李磎关系向来不好。王行瑜在朝廷专权,让判官崔铤进京奏事,并和崔昭纬交结,委托崔铤向他致意。因此王行瑜率领三镇统帅胁迫皇帝加害崔昭纬、韦昭度等人。李磎也遭到灾祸。他的儿子叫李浣,有过人的才能,也在同一天被杀害。李磎著书一百卷,号称李

书楼,后来被追赠为司徒。太原的李克用打败王行瑜以后,崔昭纬被贬官赐死。唐昭宗下诏捉拿崔铤,这也是冤报的征验啊。

读后感悟

晚唐藩镇强势,朝廷懦弱无力。韦昭度为朝廷尽忠,却无辜身死,不为无因。

樊宗谅

原文诵读

唐樊宗谅为密州刺史,时属邑有群盗,提兵入邑氓殷氏家,掠夺金帛,杀其父子,死者三人。刺史捕之甚急,月余不获。有钜鹿魏南华者,寓居齐鲁之间,家甚贫,宗谅命摄司法掾(yuàn)。一夕,南华梦数人皆被发,列诉于南华曰:"姓殷氏,父子三人,俱无罪而死,愿明公雪其冤。"南华曰:"杀汝者为谁?"对曰:"某所居东十里,有姓姚者,乃贼之魁也。"南华许诺,惊寤。数日,宗谅谓南华曰:"盗杀吾氓,且一月矣,莫穷其迹,岂非吏不奉职乎!尔为司法官,第往验之。"南华驰往,未至,忽见一狐起于路旁深草

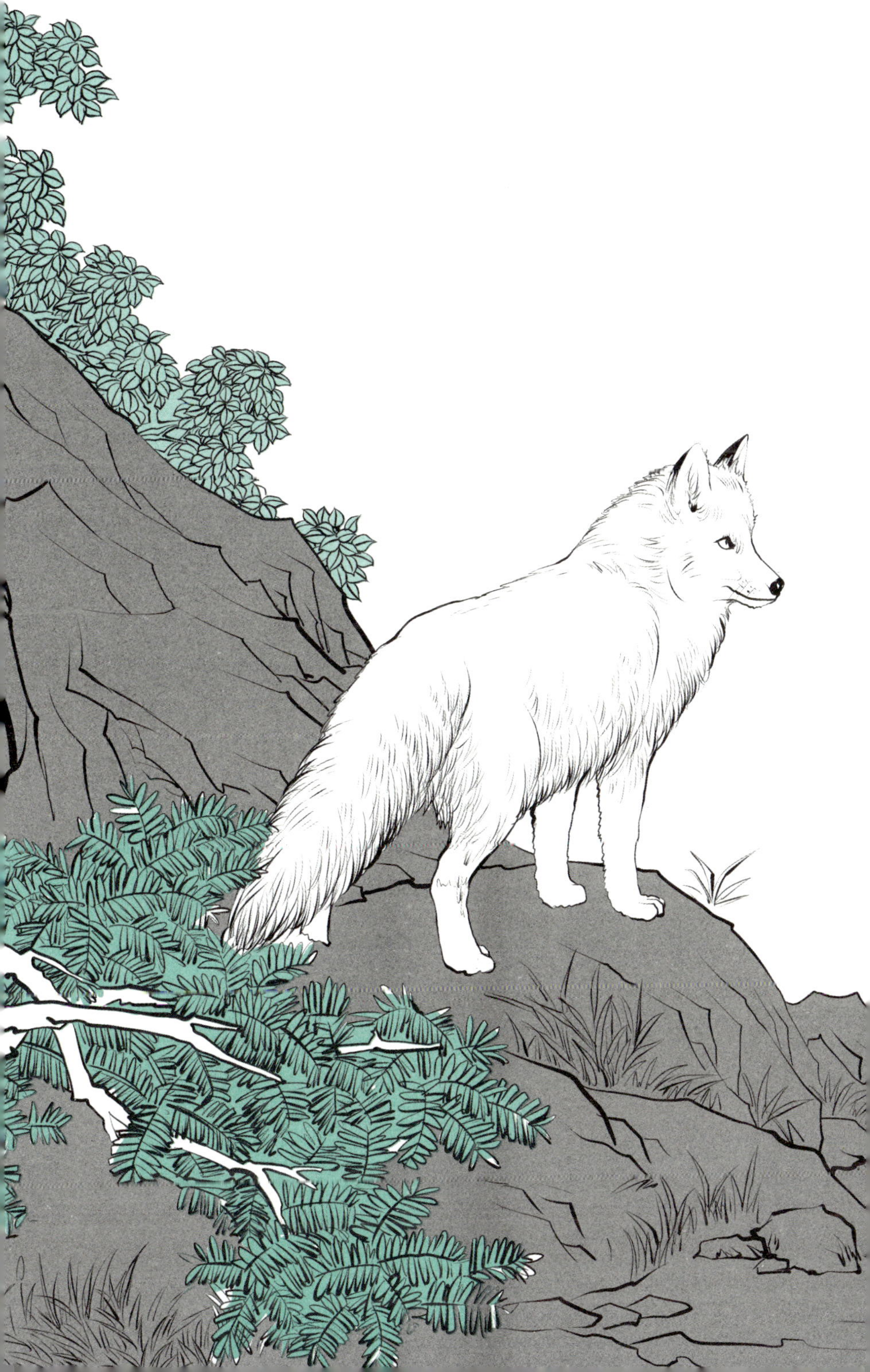

中，驰入里人姚氏所居。噪而逐者以百数，其狐入一穴中，南华命以锸发之，得金帛甚多，乃群盗劫殷氏财也。即召姚氏子，讯其所自，目动词讷，即收劾之，果盗之魁也。自是尽擒其支党，且十辈。其狐虽匿于穴中，穷之卒无所见也，岂非冤魂之所假欤！时大和中也。（出《宣室志》）

译文

唐朝的樊宗谅担任密州刺史，当时管辖的城邑内有一群盗贼，他们拿着兵器进入种田的百姓殷家，掠夺去了金银布匹等财物，并杀害了殷氏父子，被杀的共三人。刺史命令紧急追捕，一月有余仍然没有查获。有个巨鹿人叫魏南华，寄居在齐鲁之间，家中很贫穷，宗谅命他暂时代理司法的属吏。一天晚上，南华梦到几个人都披散着头发，并排站在面前告诉他说："我们姓殷，父子三人，都是无罪而死，希望明公为我们洗刷冤屈。"南华说："杀害你们的人是谁？"回答说："在我们家东面十里，有个姓姚的，就是盗贼的首领。"南华答应了他们，然后惊醒了。又过了几天，宗谅对南华说："强盗害我们的百姓，已经一个月了，没有人能够找到他们的踪迹，难道不是你的部下不尽职尽责导致的吗？你作为司法官，应该前去探察。"南华骑马前去，还没有到现场，忽然看见一个狐狸从路边的深深的草丛中跳出来，跑到姚氏住的地方。后面叫喊着追赶的有上百人，那只狐狸钻入一个洞里。南华命人用锹挖洞，挖出来很多金银布匹，就是那群盗贼抢劫的殷家的财物。南华立即召来姚姓的人，审讯这些财物是哪里来的，姚姓人眼睛乱转，支吾着说不出话来，南华就把他收捕下狱，一番拷问，那人果然是盗贼的魁首。由此全部抓获了他的同伙，有十个人。那只狐狸虽然藏在洞里，努力搜查也再没有看见，难道不是冤魂借它来引导的吗？当时是唐文宗大和年间。

读后感悟

人之成事，必有机缘。

后周女子

原文诵读

后周宣帝在东宫时，武帝训督甚严，恒使宦者成慎监察之，若有纤毫罪失而不奏，慎当死。于是慎常陈太子不法之事，武帝杖之百余。及即位，顾见髀上杖瘢(bān)，问及慎所在。慎于时已出为郡，遂敕追之，至便赐死。慎奋厉曰："此是汝父为，成慎何罪？悖逆之余，滥以见及，鬼若有知，终不相放。"于时宫掖禁忌，相逢以目，不得转共言笑，分置监官，记录愆罪。左皇后下

有女子欠伸泪出，因被劾，谓有所思，奏使敕拷讯之。初击其头，帝便头痛，更击之，亦然。遂大发怒曰："此冤家耳。"乃使拉折其腰，帝复腰痛。其夜出南宫，病渐重，明旦还，腰痛不得乘马，御车而归，所杀女子之处，有黑晕如人形，时谓是血，随刷之，旋复如故，如此再三。有司掘除旧地，以新土填之，一宿之间如故。因此七八日，举身疮烂而崩，及初下尸，诸局脚床，牢不可脱，唯此女子所引之床，独是直脚，遂以供用，盖亦鬼神之意焉。帝崩去成慎死，仅二十许日焉。（出《还冤记》）

译文

后周宣帝在东宫当太子的时候，武帝训诫监督特别严格，经常派宦官成慎监督察看他，如果有极小的问题漏失不报，成慎就要被处死。于是成慎常常陈述太子违法的事，武帝为此杖打太子一百多次。等到太子即位，看见大腿上有木杖打的伤疤，就问成慎在哪里。那时成慎已经离开了朝廷，到地方做了郡守，于是皇帝下诏书召回了成慎，回来就要赐死。成慎奋力厉声说："这是你父亲做的，我成慎有什么罪？你这样违背正道，对我滥施刑罚，鬼神如果知道了，最终都不会放过你。"当时宫廷里禁令忌讳，互相碰面时只能使眼色，不能谈论说笑，还分别设置了监督官，记录罪过。左皇后下边有一个女子因为伸懒腰打哈欠流出眼泪，因此被弹劾举报，说她有所思，于是就上奏皇帝，皇帝就下诏书令人讯问拷打她。开始击打她的头部，皇帝就头痛，再次打她，还是这样。于是皇帝发怒说："这是个冤家啊。"就派人拉出去折断了她的腰，皇帝又腰痛。那天晚上皇帝去南宫，病情逐渐加重，第二天早晨回来，腰痛得不能骑马，就坐着车回来了。斩杀那个女子的地方，有黑色的像人的影子，当时认为是血，随即将那地方冲刷干净，不久又像先前一样，像这样出现多次。有关部门挖去了那个地方的土，用新土填上，一夜之间又同以前一样。这样过了七八天，皇帝全身疮烂而死，等到停床的时候，宫中各床床脚都像固定在地上，牢固得抬不起来。只有这个女子所睡的床，能够移动，于是就只能用它。这大概也是鬼神的意思吧。皇帝之死距离处死成慎，仅有二十来天。

读后感悟

神鬼之事虽不可知，但作恶太多终有报应。

谢盛

原文诵读

晋安帝隆安中，曲阿民谢盛，乘船入湖采菱。见一蛟来

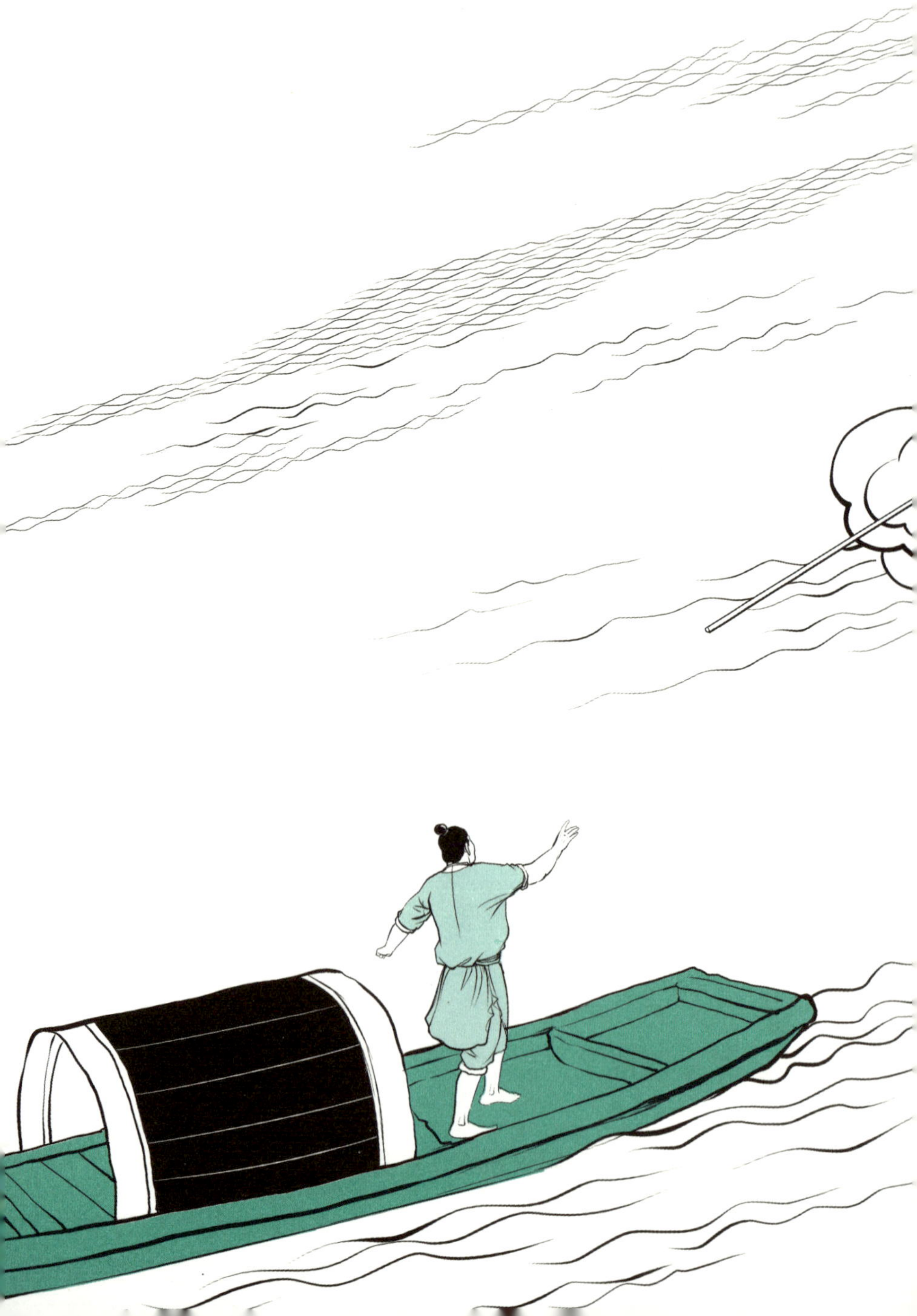

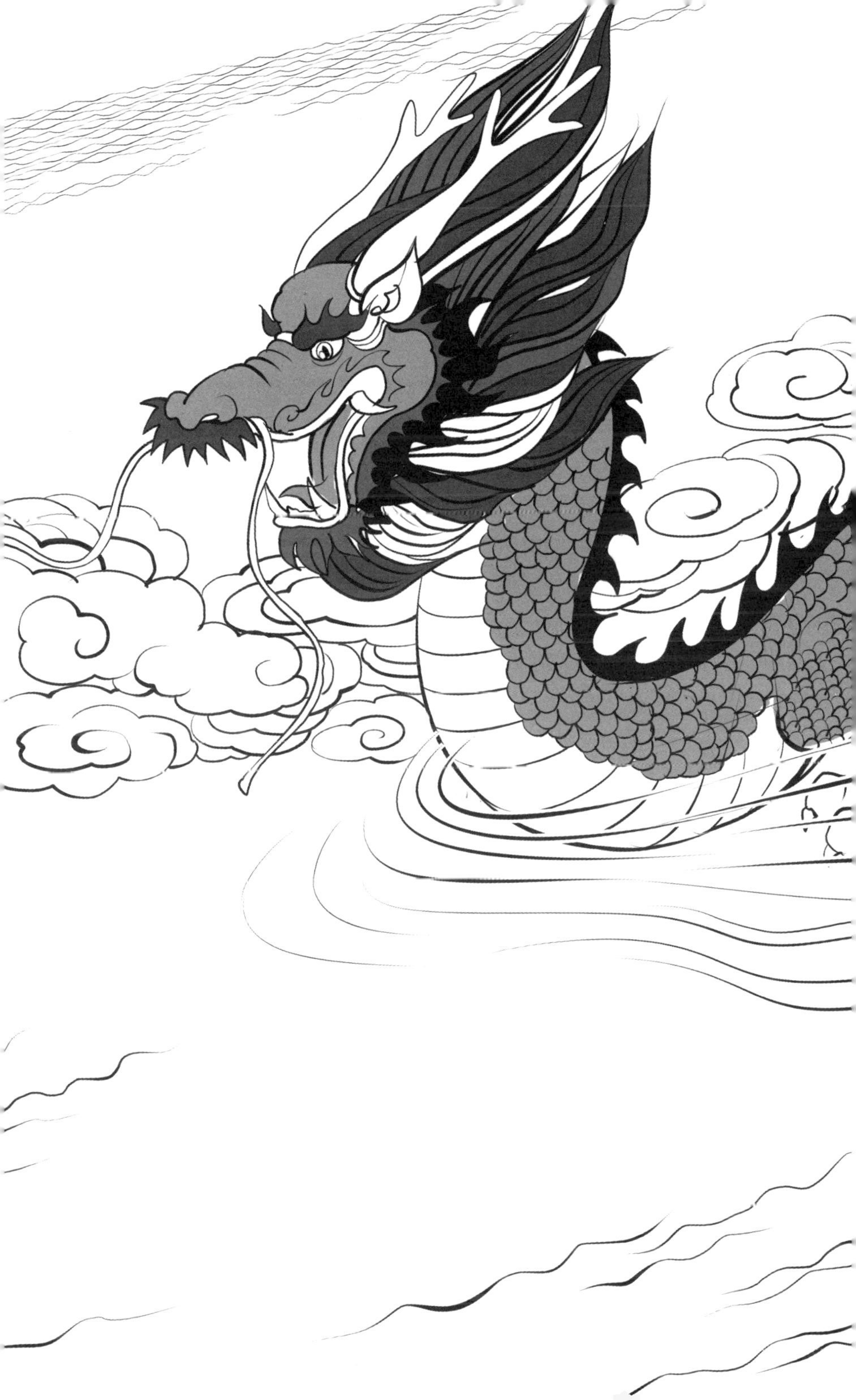

向船，船回避。又从其后，盛便以叉杀之，惧而还家。至兴宁中，普天亢旱，盛与同旅数人，步至湖中，见先叉杀在地，拾取之，云："此是我叉。"人问其故，具以实对。行数步，乃得心痛，还家，一宿便死。（出《幽冥录》）

译文

晋安帝隆安年间，曲阿人谢盛，乘船到湖里采摘菱角。看见一条蛟龙向船边游来，谢盛就划船躲开。但蛟龙又尾随在船后，谢盛便用鱼叉杀死了它，他内心害怕，就回到家里。到了兴宁年间，天下大旱，谢盛和同路的几个人，步行走到湖中，只见当年叉死蛟龙的叉子还在地上，就拾了起来，说："这是我的叉子。"人们问他缘故，他就把这件事如实说了。走了几步，就觉得心痛，回到家里，一夜之间就死了。

读后感悟

行善积德，杀生害义。

韦庆植

原文诵读

唐贞观中,魏王府长史韦庆植有女先亡,韦夫妇痛惜之。后二年,庆植将聚亲宾客,备食,家人买得羊,未杀。夜,庆植妻梦见亡女,着青练裙白衫,头发上有一双玉钗,是平生所服者,来见母,涕泣言:"昔常用物,不语父母,坐此业报,今受羊身,来偿父母命。明旦当见杀,青羊白头者是,特愿慈恩,垂乞性命。"母惊寤,旦而自往观,果有青羊,项髆皆白,头侧有两条白,相当如玉钗形。母对之悲泣,止家人勿杀,待庆植至,放送之。俄而植至催食,厨人白言:"夫人不许杀青羊。"植怒,即令杀之。宰夫悬羊欲杀,宾客数人已至,乃见悬一女子,容貌端正,诉客曰:"是韦长史女,乞救命。"客等惊愕,止宰夫。宰夫惧植怒,但见羊鸣,遂杀之。既而客坐不食,植怪问之,客具以言。庆植悲痛发病,遂不起。京下士人多知此事。(出《法苑珠林》)

译文

唐朝贞观年间,魏王府长史韦庆植有个女儿早死,韦庆植夫妇为她深感悲痛惋惜。两年之后,韦庆植将要集聚亲朋好友来做

客，准备饭菜时，家人买了羊，还没来得及杀。这天夜里，韦庆植的妻子梦见了死去的女儿，她穿着黑色的柔软的丝裙和洁白的衣衫，头发上有一双玉钗，是平时她所佩戴的。她来拜见她的母亲，哭泣着说："我当初常用的饰物，没有告诉父母，因此遭受这样的报应，现在我变成了羊的样子，来偿还父母的债。明天天亮我就要被杀了，那只黑色身子白头的羊就是我，今天特来向母亲请求，希望母亲能慈悲开恩，可怜我，救我一命。"母亲惊醒，天亮就亲自去看羊，果然是一只青羊，脖子以上全是白色的毛，头的两边还有两条白道，和玉钗的形状相似。母亲对着那只羊悲痛哭泣，阻止家人杀那只羊，等着韦庆植回来说明情由，好把这只羊放了。不一会儿，庆植就催着厨师赶快准备饭菜，厨师告诉他说："夫人不允许杀那只羊。"庆植大怒，就命令宰夫赶紧把羊杀了。宰夫就把羊吊了起来准备要杀。这时，宾客已经到了几个，就看见吊着的是一个女子，容貌端正，对客人诉说："我是韦长史的女儿，乞求你们救我一命。"客人们都十分惊讶，制止了宰夫。宰夫害怕韦庆植发怒，只听见羊的叫声，于是就把羊杀死了。过了一会，宾客们坐着不进食，韦庆植感到奇怪就问他们，宾客们就把刚才的事全都说了。韦庆植听后悲痛欲绝，就得了重病，于是一病不起。京城里的士大夫大都知道这件事。

读后感悟

韦夫人及宾客既知青羊为其女，却阻止不了，真是可叹。

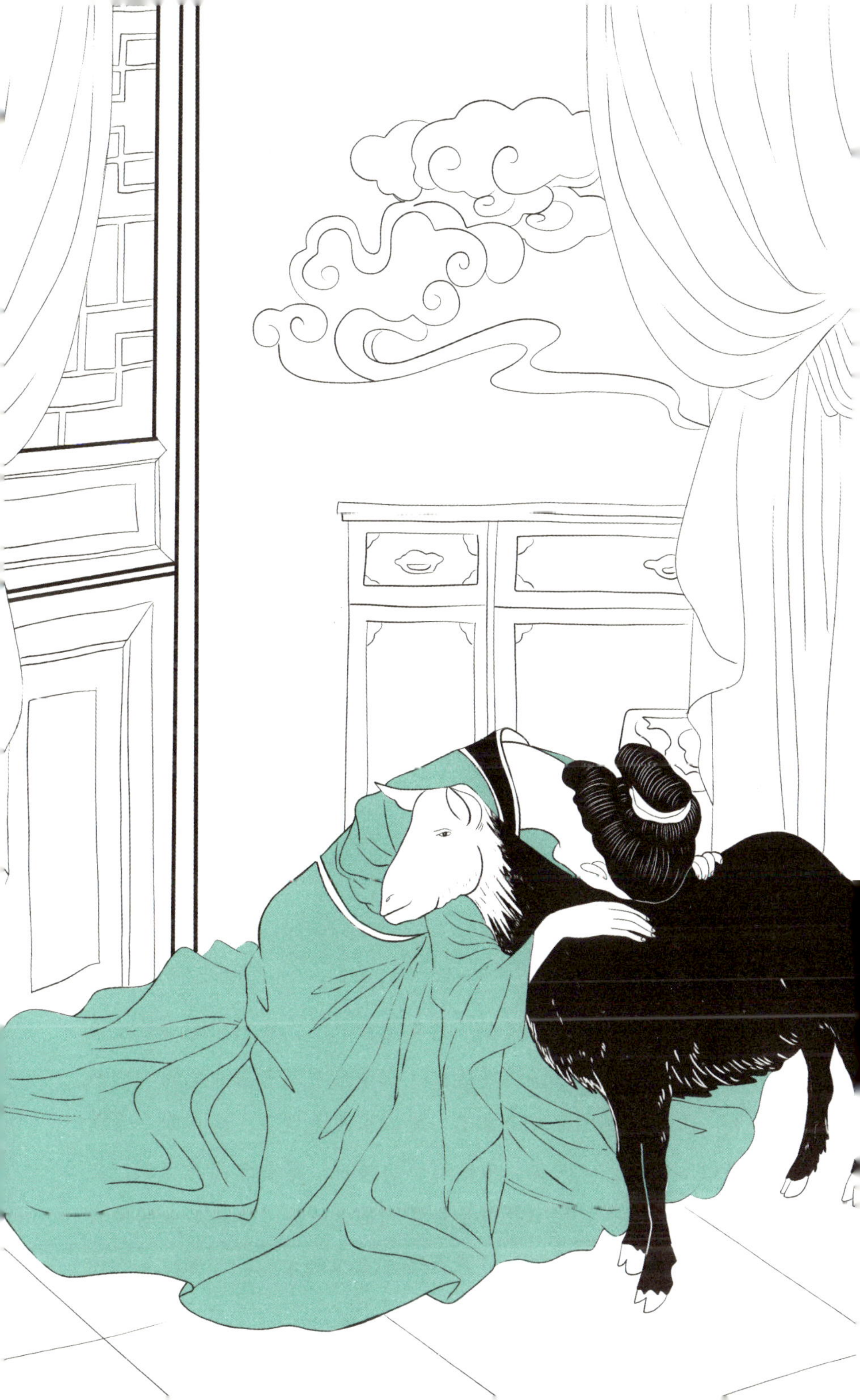

赵太

原文诵读

唐长安市里风俗,每岁至元日已后,递饮食相邀,号为传坐。东市笔生赵太,次当设之。有客先到,向后,见其碓上有童女,年十三四,着青衫白帽,以急索系颈,属于碓柱,泣泪谓客曰:"我主人女也,往年未死时,盗父母钱,欲买脂粉,未及而死。其钱今在舍厨内西北角壁中,然我未用。既以盗之,坐此得罪,今当偿父母命。"言毕,化为青羊白头。客惊告主人,主人问其形貌,乃是小女,死已二年矣。于厨壁取得钱,似久安处。于是送羊僧寺,合门不复食肉。(出《法苑珠林》)

译文

唐朝长安有一种风俗,每年元旦以后,亲朋们都要轮流请客,人们把这种习俗叫作传坐。东市有个以书写为业的人叫赵太,这次轮到他设宴请客了。有的客人先到了,向后看,看到石臼上有一个小女孩,年纪有十三四岁,穿着青色的上衣,戴着白色的帽子,被一条绳子紧紧地勒着脖子,绑在石臼的架柱子上,哭泣着对来客说:"我是这家主人的女儿,过去没死的时候,偷了父母的钱,想要买脂粉,还没来得及买就死了。那钱现在还在我家厨房里西北角的墙壁中,虽然我没有花,可是我已经把钱偷了出来,做了这种事,就有罪,现在就应当偿还父母的这笔债。"说完,就变成了一只白头的青羊。客人很惊讶,就把这件事告诉了主人,主人问清楚了那女童长的模样,正是自己的女儿,她已经死了两年了。于是主人就在厨房的墙壁中找到了钱,好像是放在那里很长时间了。主人就把羊送到了寺院里,全家人从此也不再吃肉了。

读后感悟

身后变作青羊,虽事涉不稽,亦可叹。

征应

周武王

原文诵读

纣之昏乱，欲杀诸侯，使飞廉、恶来诛戮贤良，取其宝器，埋于琼台之下。使飞廉等于所近之国，侯服之内，使烽燧相续。纣登台以望火之所在，乃兴师往伐其国，杀其君，囚其民，收其女乐，肆其淫虐。神人愤怨，时有朱鸟衔火，如星之照耀，以乱烽燧之光，纣乃回惑，使诸国灭其烽燧。及武王伐纣，樵夫牧竖，探高鸟之巢，得赤玉玺。文曰："木德将灭，水祚方盛。"文皆大篆，纪殷之世历已尽，而姬之圣德方隆，是以三分天下，而二分归周。乃元元之类，嗟殷亡之晚，恨周来之迟。（出《拾遗录》）

译文

殷纣王昏庸无道，想要杀掉各国的诸侯，派飞廉、恶来去诛杀了贤良之人，夺取了他们的宝物，埋藏在琼台下面。又派飞廉等人到附近的各诸侯国下令，让各诸侯国之间的烽火台接连相望。纣王登上烽火台来观望烽火所在的地方，就派军队前去攻打那个国家。杀掉他们的国君、囚禁他们的百姓，收留他们的美女乐工，放纵地奸淫她们。神仙和百姓都对纣王愤怒怨

恨，当时就有一只红色的鸟，嘴里衔着火，好像是星星的光照耀着一样，扰乱了烽火的火光。纣王于是感到迷惑，就令各国熄灭了他们的烽火。等到武王讨伐的时候，有樵夫和牧童在高高的树上找一个鸟窝，发现了一个红色的玉玺。上面有文字："木德将灭，水祚方盛。"文字全是用大篆写成的，意味着殷朝的历史已经完结，而姬姓圣明的德行正在兴起，因此三分天下，而二分应归于周。于是老百姓们都叹息殷朝灭亡得太晚，遗憾周朝来得太迟了。

读后感悟

商纣无道，周取而代之。昊天无言，假天命于有德。

汉高祖

原文诵读

荥（xíng）阳南原上有厄井，父老云："汉高祖曾避项羽于此井，为双鸠所救。"故俗语云：汉祖避时难，隐身厄井间，双鸠集其上，谁知下有人。汉朝每正旦，辄放双鸠，起于此。（出《小说》）

征应

译文

荥阳南面的原野上有一口破旧的井,老人们说:"汉高祖曾经在这个井里躲避过项羽,被两只斑鸠救了。"所以有俗话说:汉高祖躲避当时的战乱,躲藏在破井里,有两只斑鸠落在井上面,谁知道井下面还有人呢。以后汉朝每年正月元旦,就要放两只斑鸠,是从这开始的。

读后感悟

楚汉争夺天下,项羽失势,刘邦称帝,失败成功的缘由,大概在于项羽寡谋孤勇,刘邦能屈能伸。

唐玄宗

原文诵读

唐玄宗之在东宫,为太平公主所忌,朝夕伺察,纤微必闻于上。而宫闱左右,亦潜持两端,以附太平之势。时元献皇后方妊,玄宗惧太平,欲令服药除之,而无可以语者。张

说以侍读得进见太子宫，玄宗从容谋及说，说亦密赞其事。他日，说又入侍，因怀去胎药三煮剂以献。玄宗得药喜，尽去左右，独构火于殿中，煮未熟，怠而假寐。肸蠁（xī xiǎng）之际，有神人长丈余，马具饰，身被金甲，操戈，绕药鼎三匝，煮尽覆无余焉。玄宗起视异之，复增构火，又投一剂，煮于鼎，因就榻，瞬息以伺之，而神见，复煮知初。凡三煮，皆覆之，乃止。则明日说又至，告之。说降阶肃拜，贺曰："天所命也，不可去之。"厥后元献皇后思食酸，玄宗亦以告说，说每因进讲，辄袖木瓜以献。故开元中，说恩泽莫与为此。肃宗之于说子均、垍，若亲戚昆弟云。（出《柳氏史》）

译文

唐玄宗在东宫做太子时，被太平公主忌恨，早晚都有人窥伺他的行动，一点细微的过失就要向皇上禀告。而后宫的人以及他身边的人，也都暗地首鼠两端，来附和太平公主的威势。元献皇后才怀孕时，玄宗害怕太平公主，就想要叫元献皇后吃药除掉胎儿，却没有人可以商量。张说以侍读官的身份进见太子，玄宗从容地和张说谋划这件事，张说也暗中帮助他做这件事。有一天，张说又来侍奉玄宗，就怀揣三副打胎药献给玄宗。玄宗得了药很高兴，把身边的人都打发走了，独自在殿中点火煎药，药还没有煎好，觉得有些疲累，就闭着眼睛休息一会，恍惚之际，抬头一看，有个神仙有一丈多高，还有一匹装

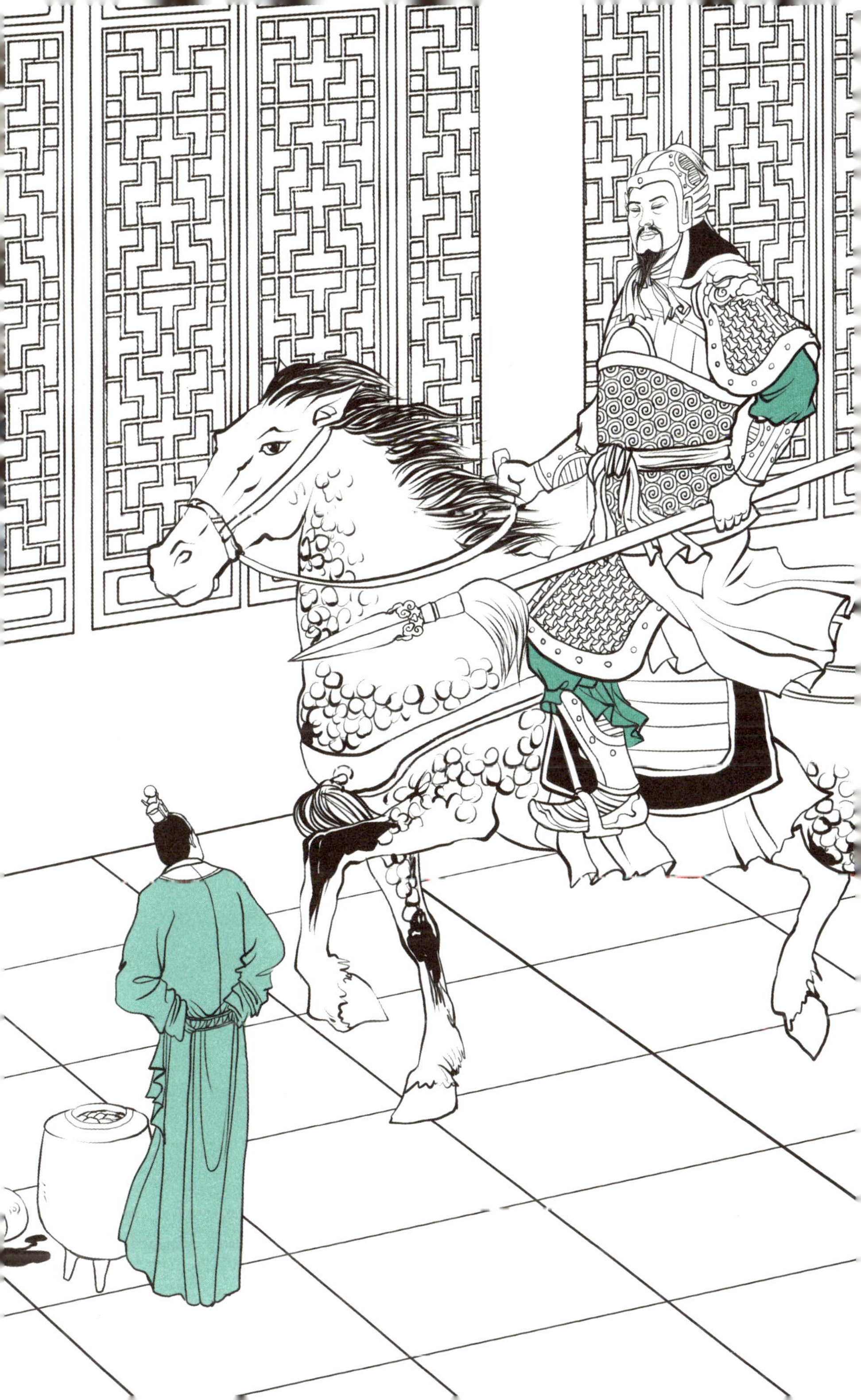

饰齐备的马。这神仙身披金甲，手拿长戈，围着煎药的锅转了三圈，然后把煮的药全都给倒了。玄宗赶紧起来观看，药一点也没有了，他感到很奇怪，又点着了火，放了一副药，在锅里煮，于是躺在床上，一刻不停地看着那药，而那神仙又像上一次一样给倒掉了。就这样玄宗共煎了三回，三回都被倒掉了。第二天，张说又到来，玄宗就把这件事告诉了张说。张说下了台阶，很严肃地向玄宗下拜，并祝贺说："这是上天的意思啊，这个胎儿不能打掉。"其后，元献皇后想吃酸的东西，玄宗也把这件事告诉了张说，张说就借给玄宗讲课的机会，在衣袖里带来木瓜献给玄宗。所以开元年间，张说对皇家的恩德没有什么人能和他相比的。唐肃宗对张说的儿子张均、张垍，就像是亲戚兄弟一样。

读后感悟

玄宗之为人为政，以开元天宝为分隔，前期励精图治，后期迷乱失政。元献皇后故事虽不一定真实可信，大体也可以反映玄宗做事畏缩，患得患失。开元盛世，非有忠臣良相辅佐而不可得。

征应

仲尼

原文诵读

周灵王二十一年，孔子生鲁襄之代。夜有二神女，擎香露，沐浴徵在。天帝下奏钧天乐，空中有言曰："天感生圣子，故降以和乐。"有五老，列徵在之庭中。夫子未生之前，麟吐玉书于阙里人家，文云："水精子，继衰周为素王。"徵在以绣绂(fú)系麟之角，相者云："夫子殷汤之后，水德而为素王。"至定公二十四年，鉏商畋(tián)于大泽，得麟，示夫子，系绂尚存。夫子见之，抱而解绂，涕下沾襟。(出《王子年拾遗记》)

译文

周灵王二十一年，孔子在鲁国襄公时出生。晚上，有二位女神，举着香露给孔子的母亲徵在沐浴。天帝下界演奏钧天乐曲，空中还有话说："上天知道你生了圣人，所以降临奏乐。"另外还有五位老神仙，在徵在的庭院里列队。孔子没有出生之前，有麒麟从嘴里吐出有字的美玉给阙里的一户人家，上面写着："水精的儿子，承继衰弱的周朝，作为'素王'。"徵在就把丝绳系在麒麟的角上，有个会相术的人说："孔子是在殷商之

后应了水德,将成为'素王'。"到了鲁定公二十四年,钽商在大泽打猎,得到了一只麒麟,拿来给孔子看,系在麒麟角上的那条丝绳还在。孔子看到那条丝绳后,抱着麒麟把丝绳解了下来,流下的泪水沾湿了衣襟。

读后感悟

古人说:"天不生仲尼,万古长如夜。"这句话对于中国的整个文化发展来说,也许并不是溢美之词。

李逢吉

原文诵读

唐丞相凉公李逢吉,始从事振武日,振武有金城佛寺,寺有僧,年七十余。尝一日独处,负壁而坐,忽见一人,介甲持矛,由寺门而入,俄闻报李判官来。僧具以告,自是逢吉与僧善。每造其室,即见其人先逢吉而至,率以为常矣。故逢吉出入将相,二十余年,竟善终于家。(出《补录记传》)

征应

译文

唐朝的丞相凉公李逢吉,开始在振武任职。那时,振武有一座金城佛寺,寺院里有个和尚,七十多岁了。曾经有一天,独自一人靠着墙壁坐着,忽然看见一个人,身穿铠甲手拿长矛,从寺院的门口进来,不一会儿就叫着说:"李判官来了。"老和尚就把这件事详细地告诉了李逢吉,从此李逢吉和老和尚交好。每次到老和尚房里,就看见那人在李逢吉到之前就先到达,后来也就习以为常了。所以李逢吉出将入相,二十多年,最后在家里得以善终。

读后感悟

洞察世事,识人于未显,防患于未然,大概可以少有疏漏。

东瀛公

原文诵读

晋东瀛公腾,字元迈,以永嘉元年镇邺。时大雪,当其门前方十数步,独液不积。腾怪而掘之,得玉马,高尺许,齿皆缺。腾以为马者国姓,称吉祥马。或谓马无齿则不食。未几,晋大乱。(出《异苑》)

译文

晋朝的东瀛公名腾,字元迈,在永嘉元年时镇守邺城。当时下了大雪,唯独他门口对面十多步的地方,没有雪水聚集。东瀛公感到很奇怪,就挖开那里,得到一个玉马,有一尺来高,牙齿都豁缺了。东瀛公认为这马是国姓,称之为吉祥马。有人说马没有牙齿就不能吃东西。不久,晋朝大乱。

读后感悟

末世之相,并非妄说。大厦将倾,必有异动。

洛阳金像

原文诵读

后魏普泰元年,洛阳金像生毛眉鬓发,悉皆具足。尚书左丞魏季景谓人曰:"张天锡有此事,其国遂灭,此亦不祥之征。"至明年,而广陵被废死焉。(出《洛阳伽蓝记》)

译文

后魏普泰元年，洛阳的金像生长出了眉毛头发，都非常齐全。尚书左丞魏季景对人说："张天锡时有过这种事，他的国家于是就灭亡了，这种现象也是不祥的征兆。"到了第二年，广陵王元恭就被废黜而死掉了。

读后感悟

金像生发，国灭身败。言虽虚妄，必有缘由。

僧一行

原文诵读

唐开元十五年，一行禅师临寂灭，遗表云："他时慎勿以宗子为相，蕃臣为将。"后李林甫擅权于内，安禄山弄兵于外，东都为贼所陷。天宝中，乐人及闾（lǘ）巷好唱胡《渭州》，以回纥（hé）为破。后逆胡兵马，竟被回纥击破。国风兴废，潜见于乐音。时两京小儿，多将钱摊地，于穴中更争胜负，名曰"投胡"。后士庶果投身于胡庭。两京童谣曰："不怕上蓝单，唯愁答辩难。无钱求案典，生死任都官。"及克复，诸旧僚朝士，系于三司狱，鞠问罪状，家产罄尽，骨肉分散，申雪无路，即其兆也。（出《广德神异录》）

译文

唐玄宗开元十五年，一行禅师临去世时，给皇帝留下表章说："以后千万不要任用宗室子弟做宰相、蕃臣做将领。"后来李林甫在朝内独掌大权，安禄山在朝外发动兵变，东都被逆贼所攻陷。天宝年间，那些乐人以及里巷人都喜欢唱胡地的《渭州》曲，把回纥作为结束曲。后来反叛的胡人兵马，最终被回纥打败。国家风气的兴起和颓废，在乐音里可以暗示出来。当时两京的小孩，大多数喜欢把钱摆在地上，在穴中争夺胜负。并把这种做法叫作"投胡"。后来士大夫和庶民果然投身到了胡庭。两京有童谣说："不怕上蓝单，唯愁答辩难。无钱求案典，生死任都官。"等到攻克收复被占领的地方，那些从前的官吏及士大夫们，被绑在了三司狱，审讯罪状，倾家荡产、骨肉分离，申冤雪耻没有门路，这就是那童谣所预兆的啊。

读后感悟

国风兴废，潜见于乐音。官吏任用，亦关乎盛衰。

孔子

原文诵读

孔子谓子夏曰:"得麟之月,天当有血书鲁端门。"孔圣没,周室亡。子夏往观,逢一郎云:"门有血,飞为赤鸟,化而为书云。"（出《说题辞》）

译文

孔子对子夏说:"得到麒麟的那一月,天上会有血书写在鲁国的端门上。"孔子去世,周朝灭亡。子夏前往观看,遇到一个人说:"鲁国的端门上有血,那血化为赤鸟飞起,又变化成书。"

读后感悟

杜预说:"麒麟是仁兽,是圣明君王的祥瑞。当时没有圣明的君王出现,却捕获了这瑞兽,这是孔子为周朝的大道不能兴盛而感到哀伤,为祥瑞的出现却没有征验而叹息。所以《春秋》一书在'获麟'这里停止书写,作为终结。"

王导

原文诵读

晋丞相王导梦人欲以百万钱买长豫。导甚恶之，潜为祈祷者备矣。后作屋，忽掘得一窖钱，料之百亿。大不欢，一皆藏闭。俄而长豫亡。长豫名悦，导之次子也。（出《世说新书》）

译文

晋朝的丞相王导梦到有人要用一百万钱买长豫。王导非常厌恶，便私下想尽办法为长豫祈祷。后来建造房屋，忽然挖出来一窖钱，约有百亿，王导很不高兴，把钱全都收藏起来。不久长豫就去世了。长豫名叫悦，是王导的第二个儿子。

读后感悟

王导虽为东晋中兴名臣，也不能违逆天命。

庾亮

原文诵读

晋庾亮初镇武昌，出石头，百姓看者，于岸上歌曰："庾公上武昌，翩翩如飞鸟；庾公还扬州，白马牵流旐(zhào)。"又曰："庾公初上时，翩翩如飞鸦；庾公还扬州，白马牵旐车。"后连征不入，寻薨，还都葬之。（出《世说新书》）

译文

晋朝的庾亮当初镇守武昌，出了石头城，观看他的百姓，在岸上歌唱："庾公上武昌，翩翩如飞鸟；庾公还扬州，白马牵流旐。"又唱道："庾公初上时，翩翩如飞鸦；庾公还扬州，白马牵旐车。"后来庾亮接连征讨无法前进，不久就去世了，回到扬州埋葬了他。

读后感悟

童谣民歌，总能透露人心向背、世事端倪。

柳元景

原文诵读

宋骠骑大将军河东柳元景，大明八年，少帝即位，元景乘车行还。使人于中庭洗车，卸辕晒之。有飘风中门而入，直来冲车。明年而阖门被诛。（出《神鬼传》）

译文

南朝刘宋的骠骑大将军是河东人柳元景。大明八年，少帝即位时，元景乘车出使回朝，命人在庭院中洗车，然后卸下车辕晒车。忽然有一阵风从中门吹进来，径直冲着车吹。第二年，柳元景全家就被诛杀了。

读后感悟

史传载柳元景善于骑射，勇力过人。征伐蛮夷，平定内乱。永光元年，因密谋废立而被杀。

定数

魏徵

原文诵读

唐魏徵为仆射,有二典事之长参,时徵方寝,二人窗下平章。一人曰:"我等官职,总由此老翁。"一人曰:"总由天上。"徵闻之,遂作一书,遣由此老翁者,送至侍郎处。云:"与此人一员好官。"其人不知,出门心痛。凭由天人者送书。明日引注,由老人者被放,由天者得留。徵怪之,问焉,具以实对,乃叹曰:"官职禄料由天者,盖不虚也。"(出《朝野佥载》)

译文

唐朝的魏徵担任仆射时,有两个主管参议事务的人员侍奉他,当时魏徵刚刚躺下,两个人就在窗前议论。一个人说:"我们的官职,都是这个老翁决定的。"另一个说:"都是由上天决定的。"魏徵听到后,就写了一封信,派遣那个说"由老翁定"的人送到侍郎府。信上说:"给这个人一个好的官职。"但这个人不知信的内容,他出了门就觉得心口痛,只好让那个说"由天定"的人去送信。第二天下来批示"由老翁定"的那个人被放出。"由天定"的那个人被留下。魏徵感到奇怪,就询问他

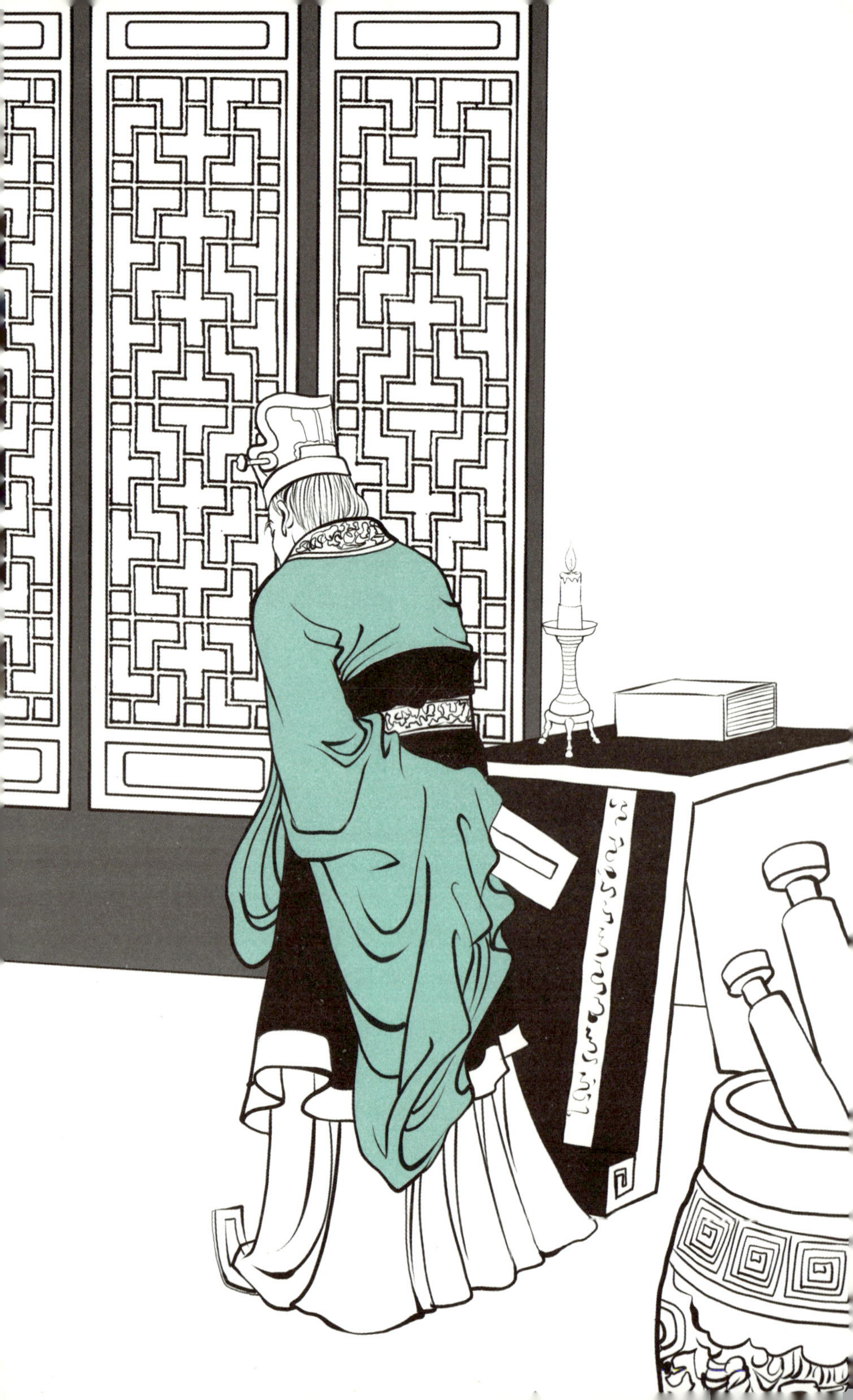

们,他们就把实情全告诉了魏徵。魏徵于是长叹说:"官职俸禄认为是由天定的,大概不假啊!"

读后感悟

谋事在人,成事在天。人生的每一个细节都可能会给人带来不同的命运。

杜鹏举

原文诵读

杜相鸿渐之父名鹏举,父子而似兄弟之名,盖有由也。鹏举父尝梦有所之,见一大碑,云是宰相碑,已作者金填其字,未者刊名于柱上。有杜家儿否?曰:"有。"任自看之。视之,记得姓下有鸟偏旁曳脚,而忘其字,乃名子为鹏举。而谓之曰:"汝不为相,即世世名字,当鸟旁而曳脚也。"鹏举生鸿渐,而名字亦前定矣,况其官与寿乎?(出《集话录》)

译文

杜鸿渐的父亲叫杜鹏举,父子的名字却像是兄弟的名字,大概是有原因的。杜鹏举的父亲曾做梦要到一个地方去,看见一个大碑,说是宰相碑,已经被作者填上了金字,碑文和末尾写了很多姓名。他就问有杜家的子弟吗?回答说:"有。"让他自己随便看,他就看起来,只记得姓的下面有鸟,偏旁拽脚,但忘了是什么字,就给儿子起名鹏举。那人就对他说:"你不是宰相,这是代代流传的名字,应该是鸟字旁边有拽脚。"后来,杜鹏举生下杜鸿渐。然而连名字也是以前定下来的,何况是官职和寿命呢?

读后感悟

此等前世注定的事多是后人杜撰,不足信,然家世渊源不可不留意。

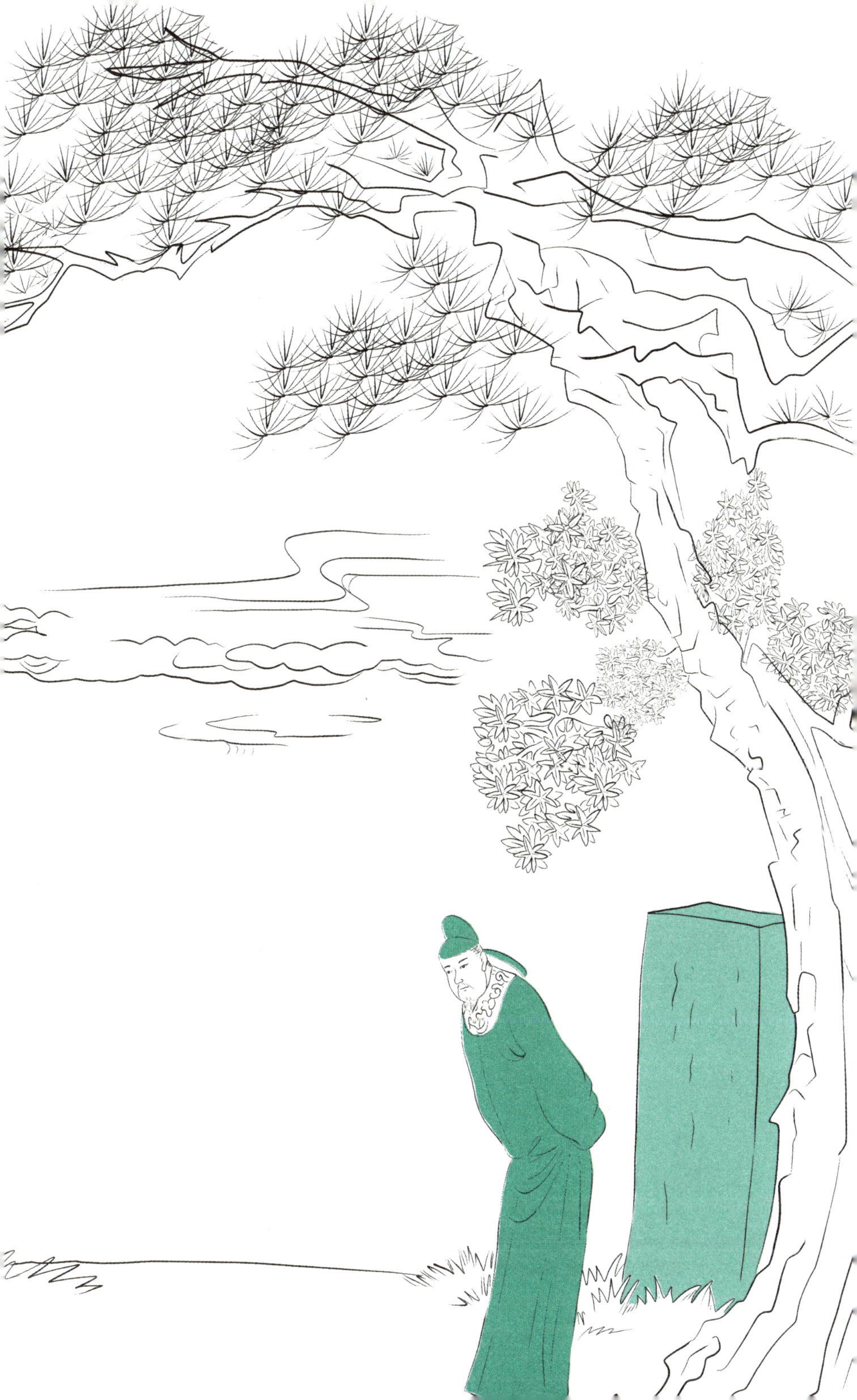

李稜

原文诵读

故殿中侍御史李稜,贞元二年擢第。有别业在江宁,其家居焉。是岁浑太师瑊(jiān)镇蒲津,请稜为管记从事。稜乃曰:"公所欲稜者,然奈某不闲检束,夙好蓝田山水,据使衔合得畿(jī)尉。虽考秩浅,如公勋望崇重,特为某奏请,必谐矣。某得此官,江南迎老亲,以及寸禄,即某之愿毕矣。"浑遂表荐之,德宗令中书商量,当从浑之奏。稜闻桑道茂先生言事神中,因往诣焉。问所求成败。茂曰:"公求何官?"稜具以本末言之。对曰:"从此二十年,方合授此官,如今则不得。"稜未甚信。经月余,稜诣执政,谓曰:"足下资历浅,未合入畿尉。如何凭浑之功高,求侥幸耳?"遂检吏部格上。时帝方留意万机,所奏遂寝。稜归江南,果丁家艰。已近七八年,又忽得躄(bì)疾,殆将一纪。元和元年冬,始入选,吏曹果注得蓝田县尉。一唱,忻而授之。乃具说于交友。(出《续定命录》)

译文

以前的殿中侍御史李稜,在贞元二年进士及第。他在江宁

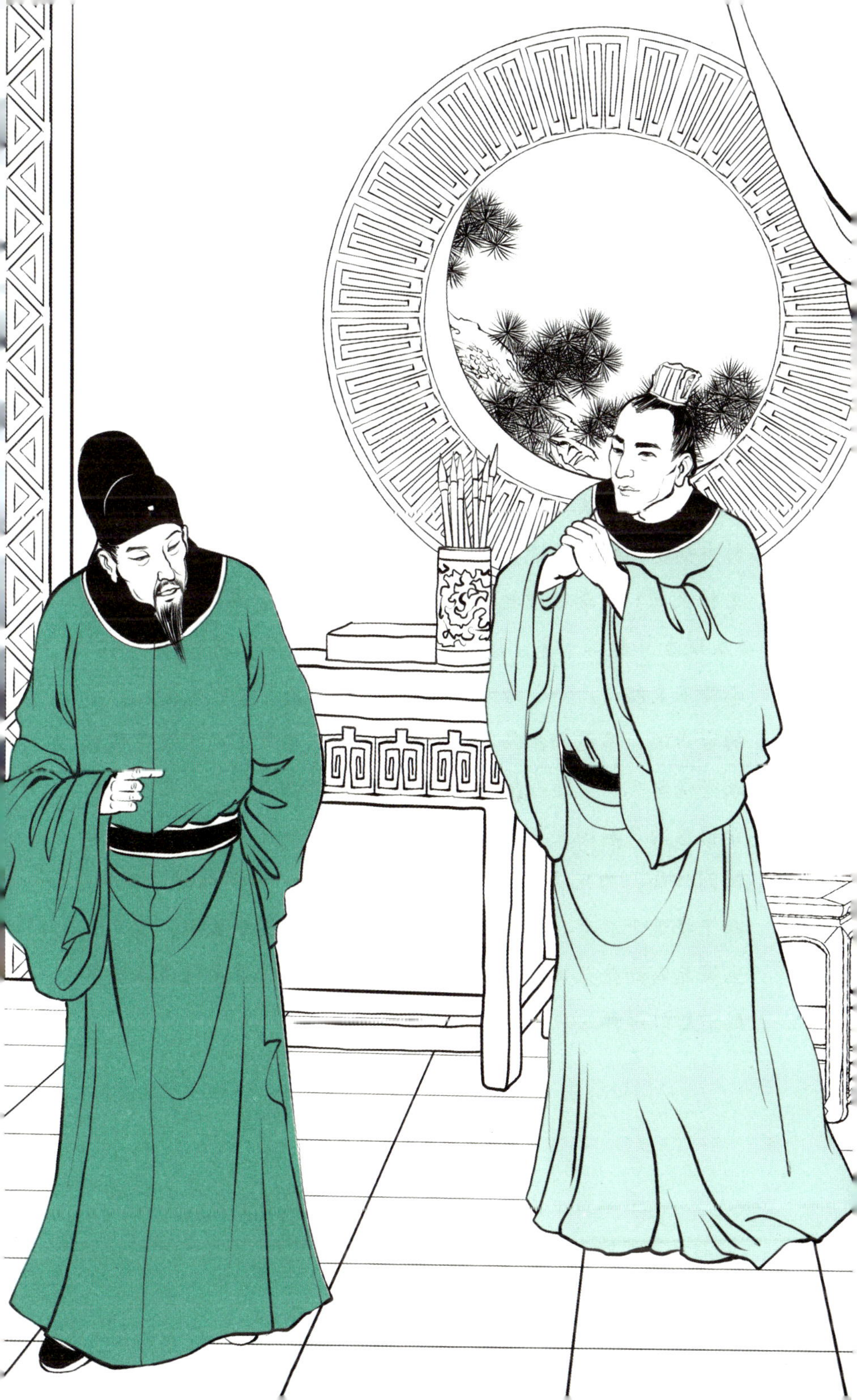

有别墅，家属居住在那里。这一年，太师浑瑊镇守蒲津关，邀请李稜担任管记从事。李稜于是说："您想让我做管记从事，但是奈何我不善于检点约束自己，向来喜好的只是蓝田的山水，只想在这靠近京城的地方做个县尉。虽然我的资历不够，但您德高望重，如果肯特意为我向皇帝推荐，必然能使我如愿，我如果当了这个官，从江南把亲属接来，享受我微薄的俸禄，我平生的愿望也就满足了。"于是浑瑊向皇帝推荐了他，德宗命令中书商讨，认为应该听从浑瑊的推荐。李稜听说桑道茂先生料事如神，便前往请教，问推荐能否成功。桑道茂问他："您想当什么官？"李稜便把事情的来龙去脉讲了。桑道茂回答说："从现在算起二十年，您才能被授予这个官职，现在得不到。"李稜不太相信。一个月后，李稜去询问，主管官员回答说："你的资历浅，不适合担任京城附近的县尉，怎么可以凭借浑瑊来求得侥幸呢？"随即把他的名字写在吏部的表格上。这时，皇帝留意的是军国大事，浑瑊推荐李稜的奏章就被搁置了。李稜回到江南，为死去的父母守丧。七八年后，又忽然得了腿疾，瘸了将近十二年。元和元年冬天，才开始被选中任职，任命书上果然写的是蓝田县尉，他欣然接受此衔。于是李稜将这件事的前后经过详细告诉了朋友。

读后感悟

人生命运，因缘际会，只有做好充分的准备才能应付瞬息万变的世界。

赵璟卢迈

原文诵读

赵璟、卢迈二相国皆吉州人,旅众呼为赵七卢三。赵相自微而著,盖为是姚旷女婿,姚与独孤问俗善,因托之,得湖南判官,累奏官至监察。萧相复代问俗为潭州,有人又荐于萧,萧留为判官,至侍御史。萧入,主留务,有美声,闻于德宗,遂兼中丞,为湖南廉使。及李泌入相,不知之。俄而以李元素知璟湖南留务事,而诏璟归阙。璟居京,慕静,深巷杜门不出。元素访之甚频。元素乃泌相之从弟。璟因访别元素于青龙寺,谓之曰:"赵璟亦自合有官职,誓不敢怨

人。诚非偶然耳，盖得于日者。"仍密问元素年命。曰："据此年命，亦合富贵人也。"元素因自负，亦不言泌相兄也。顷之，德宗忽记得璟，赐对，拜给事中。泌相不测其由。会有和戎使事，出新相关播为大使，张荐、张或为判官。泌因判奏璟为副使。未至蕃，右丞有缺，宰相上名。德宗曰："赵璟堪为此官。"追赴拜右丞。不数月，迁尚书左丞平章事。作相五年，薨于位。（出《嘉话录》）

译文

赵璟和卢迈两位宰相都是吉州人，人们称他们为赵七和卢三。赵璟从籍籍无名到仕途显达，大概因为是姚旷的女婿，姚旷与和独孤问俗友善，于是把赵璟托付给他，让他得以担任湖南判官，又多次向上推荐，使赵璟官至监察御史。萧丞相又接替独孤问俗担任潭州郡守，又有人将赵璟推荐给他，萧丞相将赵璟留任为判官，又后升任为侍御史。萧入朝为相，赵璟主持留守事务。由于赵璟有美好的名声，德宗知道后，又让他兼任御史中丞，担任湖南廉访使。等到李泌做了丞相，不了解这些情况。不久，李元素掌管赵璟湖南的留守事务，下诏书将赵璟调回京城。赵璟在京城居住，爱慕清静，关闭大门不外出。李元素很频繁地拜访他。李元素是丞相李泌的堂弟。赵璟拜访李元素后在青龙寺分手，对李元素说："我赵璟也应该有个官职，但我实在不敢怨天尤人。这种状况不是偶然的，这全是命运啊。"并悄悄问李元素自己的命运如何。李元素说:"根据你的命相,也应该是个富贵的人。"李元素因为自负,并没有告诉赵璟自己是丞相李泌的堂弟。过了不久,德宗忽然想起赵璟,赐爵封官,授予他给事中的职位。李泌不知道其中的原因。恰逢有与外族讲和的差事,派出新相关播为大使,张荐和张彧为判官。李泌推荐赵璟为副使。还没有到达蕃国,右丞相的位置出现空缺,宰相提出多个候选人名单。德宗说:"赵璟可以担任这个官职。"于是派人前去追上赵璟,任命他为右丞相。没过几个月,又升任尚书左丞平章事。担任丞相五年,赵璟死在任上。

读后感悟

赵璟一路升迁固然有贵人相助,但是他的美德美名恐怕也不无助益。

贾岛

原文诵读

贾岛字浪仙,元和中,元白尚轻浅,岛独变格入僻,以矫艳。虽行坐寝食,吟咏不辍。尝跨驴张盖,横截天街。时

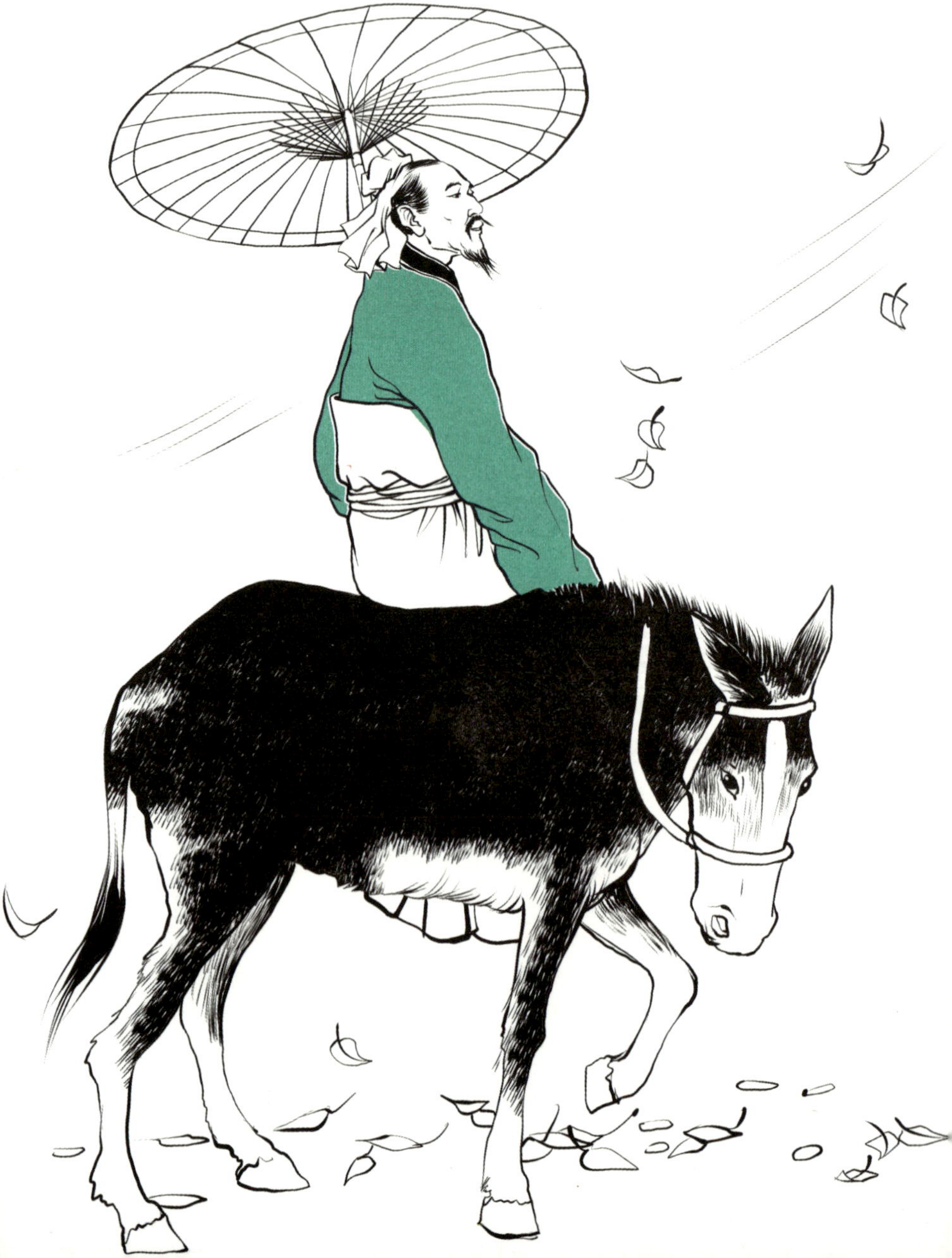

秋风正厉,黄叶可扫。岛忽吟曰:"落叶满长安。"求联句不可得。因搪突大京兆刘栖楚,被系一夕而释之。又尝遇武宗皇帝于定水精舍,岛尤肆侮慢,上讶之。他日有中旨,令与一官谪去,特授长江县尉,稍迁普州司仓而终。(出《摭言》)

译文

贾岛,字浪仙,元和年间,元稹和白居易的诗崇尚轻浅,贾岛独自变化风格,追求冷僻,以达到矫艳的效果。即使是行路安坐、睡觉吃饭,他都不停地吟咏诗歌。他曾经骑着驴打着伞,在京城的街道上过路。当时秋风劲吹,黄色的树叶成堆。贾岛忽然吟出一句诗来:"落叶满长安。"想不出相对应的另一句诗。因此冲撞了大京兆尹刘栖楚,被抓起来关了一夜才放出来。他还曾经在定水精舍遇到了唐武宗皇帝,贾岛对皇帝十分放肆侮慢,皇帝对他感到很惊讶。后来有一天,皇帝下旨将他降职,特别授予他长江县尉的职位,过了不久,他又升为普州司仓,而后去世。

读后感悟

古人所谓"郊寒岛瘦",说的就是贾岛苦心孤诣,追求冷僻词句。其性格正如其诗句,孤冷清高,不与常人相交接,最终以一偏远县尉结束仕途,可叹。

马举

原文诵读

淮南节度使马举讨庞勋,为诸道行营都虞侯。遇大阵,有将在皂旗下,望之不入贼,使二骑斩之,骑回云:"大郎君也。"举曰:"但斩其慢将,岂顾吾子。"再遣斩之,传首阵上,不移时而败贼。后大军小衄(nǜ),举落马,坠桥下而死。夜深复苏,见百余人至,云:"马仆射在此。"一人云:"仆射左胁一骨折。"又一人云:"速换之。"又曰:"无以换之。"又令取柳木换,遂换之。须臾便晓,所损乃痊,并无所苦。及镇扬州,检校左仆射。(出《闻奇录》)

译文

淮南节度使马举讨伐庞勋,担任诸道行营都虞侯的职位。遇到一场大仗,有位将领在黑色的旗帜下面,不向前进攻贼兵,马举命令两个骑马的人去斩杀了他,骑马的人返回说:"那是大郎君!"马举说:"只是叫你们斩杀畏缩不前的将领,哪里管他是不是我的儿子。"又派两人前去斩杀他,然后将头颅在阵前传示,很快就击败了敌兵。后来大军遇到了小的挫折,马

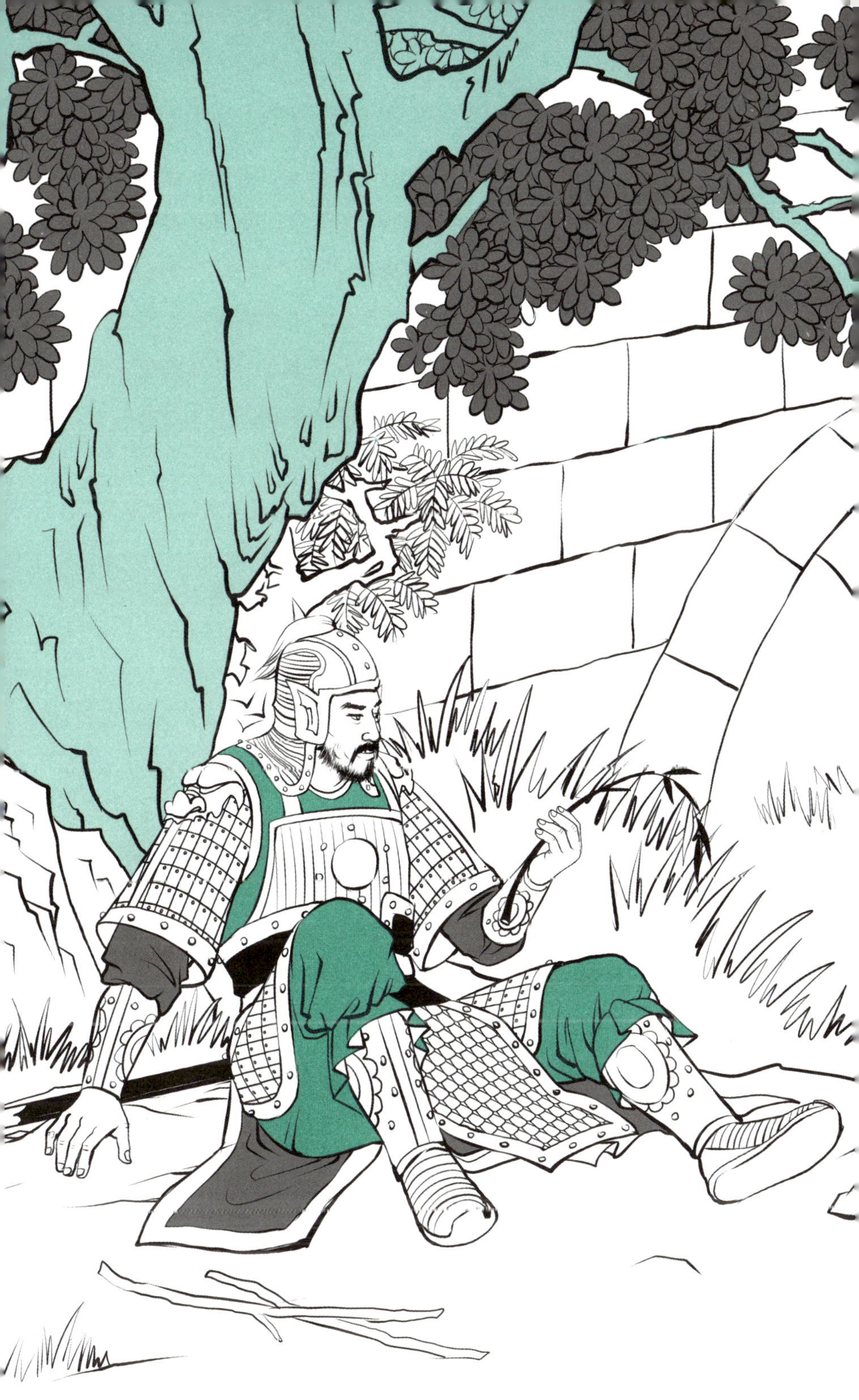

举落马掉到桥下晕死过去。夜深时苏醒过来,看到一百多人到来,其中一个人说:"马仆射在这里。"又一人说:"仆射左胁下一根肋骨断了。"又有一人说:"快换了它。"又说:"没有可以替换的。"又有人命令取来柳枝换上,于是这些人给他换上了柳枝。一会儿天就亮了,马举的伤已经痊愈了,并且丝毫不感到疼痛。等到他镇守扬州时,升任检校左仆射。

读后感悟

对临阵退缩之人,即使至亲也毫不留情。柳枝续骨,虽为虚妄,却彰显英勇忠义之良才。

卢承业女

原文诵读

户部尚书范阳卢承庆,有兄子,将笄而嫁之,谓弟尚书左丞承业曰:"吾为此女,择得一婿乃曰裴居道。其相位极人臣,然恐其非命破家,不可嫁也。"承业曰:"不知此女相命,终他富贵否?"因呼其侄女出,兄弟熟视之。承业又曰:"裴即位至郎官,其女即合丧逝,纵后遭事,不相及也。"卒嫁

与之。居道官至郎中，其妻果殁。后居道竟拜中书令，被诛籍没，久而方雪。"（出《定命录》）

译文

户部尚书范阳人卢承庆有个侄女，将要成年出嫁，卢承庆对官居尚书左丞的弟弟卢承业说："我为这姑娘选了个女婿叫裴居道。他的面相能位极人臣，但是恐怕他往后遭遇祸害而家破人亡，不能嫁给他。"卢承业说："不知道这个姑娘的面相，能不能同他享受富贵到底？"于是将侄女叫出来，兄弟两个人仔细看了看。卢承业又说："裴居道当上郎官，这个姑娘就会死了，即使以后裴居道遭受祸端，也和侄女没有关系。"于是他们将侄女嫁给了裴居道。裴居道官做到郎官时，妻子果然死了。后来裴居道最终做了中书令，被诛杀抄家，过了很久才平反昭雪。

读后感悟

爱其子，则为之计深远，卢承庆兄弟之谓也。

感应

淮南子

原文诵读

《淮南子》曰:"东风至而酒泛溢。"许慎云:"东风震方也,酒泛清酒也。木味酸,相感故也。"高诱云:"酒泛为米面曲之泛者,风至而沸动。"李淳风又按:"今酒初熟,瓮上澄清时,恒随日转。在旦则清者在东畔,午时在南,日落在西,夜半在子。恒清者随日所在。又春夏间,于地荫下停春酒者,瓮上蚁泛,皆逐风而移。虽居深密,非风所至,而感召动也。"(出《感应经》)

译文

《淮南子》里说:"春风吹来酒就会浮动外溢。"许慎说:"春风从东方吹来,酒就会浮动变清。风属木,味道就会变酸,这是相互感应的结果。"高诱说:"酒的浮动和米面曲子的发酵,都是因为春风吹来而发生的变化。"李淳风还说:"酒刚刚酿造出来,放入酒瓮里澄清时,酒的清浊随着太阳而变化。早晨时,靠近东方的酒比较清澈;中午时,南侧的酒比较清澈;日落的时候,西侧的酒比较清澈;半夜时,中间的酒比较清澈。清澈的部位总是靠着太阳的方向。另外,在春夏之交,在树荫

下面放置新酿造出来的酒时,酒瓮里酒液表面漂浮的杂质总是随着风向而移动。虽然酒在瓮内很深的地方,却不是风吹动了酒滓,而是感应才发生的变化。"

读后感悟

中华酒文化源远流长,在汉朝之《淮南子》《说文解字》里即有精深的讨论。及至后世,有关酒的记载更是史不绝书。

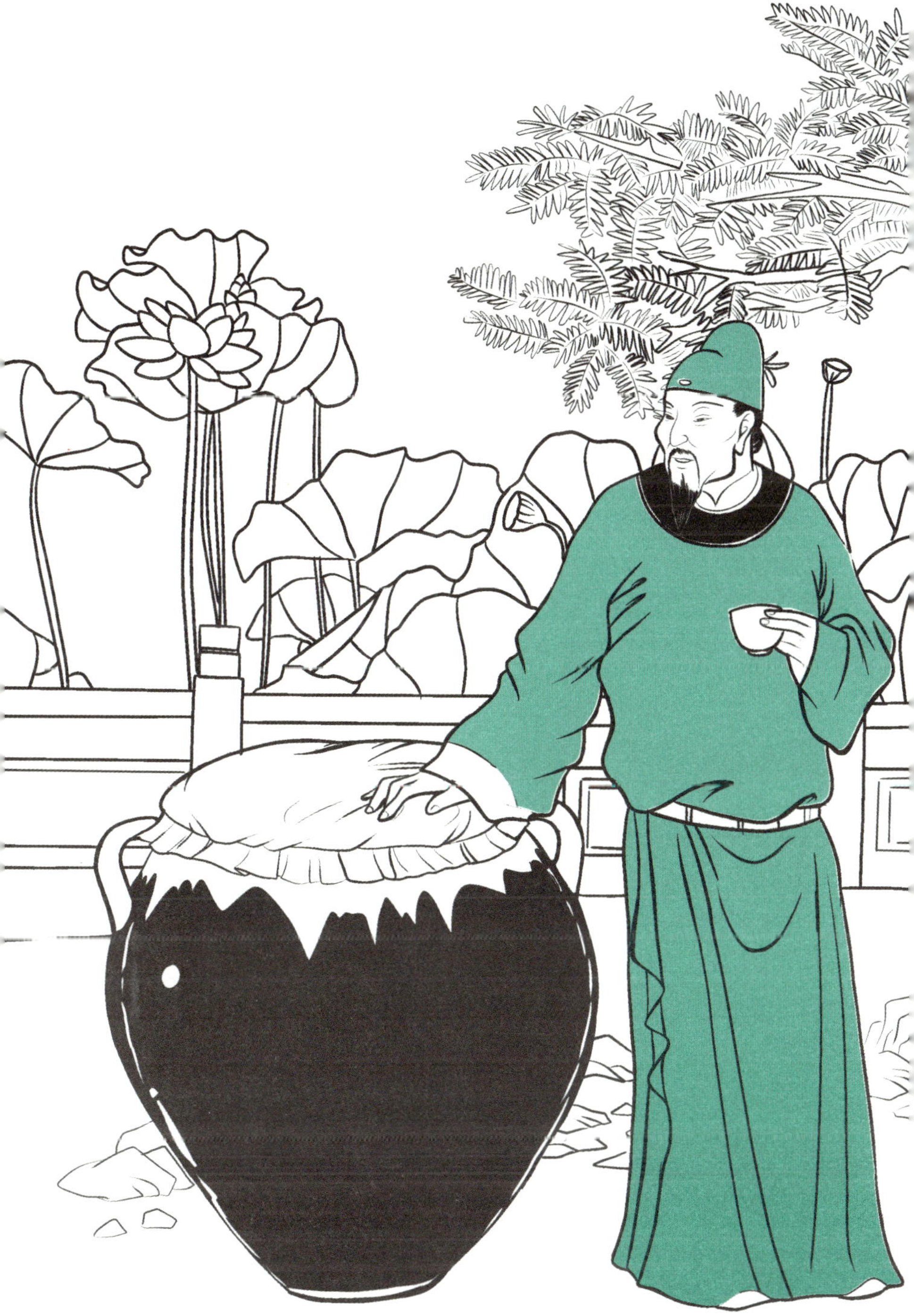

识应

孙权

原文诵读

湓(pén)口城，汉高祖六年灌婴所筑。建安中，孙权经住此城，自标作井地，遂得故井。井中有铭石云："汉六年，颍阴侯开此井。卜云，三百年当塞，塞后不度百年，当为应运者所开。"权见铭欣悦，以为己瑞。人咸异之。（张僧鉴《浔阳记》）

译文

湓口城，是汉高祖六年时灌婴所修筑的。建安年间，孙权曾经住在这座城里，他亲自选定一块地方打井，竟挖出了一口古井。井里有一块有字的石碑上记载："汉高祖六年，颍阴侯灌婴开凿了此井。有人预言，三百年以后这井会被堵塞，堵塞后不到一百年，会被顺应运数的人挖开。"孙权看见碑上的铭文后很高兴，认为这是自己的祥瑞之兆。人们都对这件事感到惊奇。

读后感悟

掘井得碑，此事不足为怪。然而预言后世之事，却纯属妖妄。

唐高祖

原文诵读

唐北京受瑞坛,隋大业十三年,高祖令齐王元吉留守。辛丑,获青石,若龙形,文有丹书四字,曰"李渊万吉"。齐王献之,文字映澈,宛若龟形。帝乃令水渍磨以验之。数日,其字愈明。内外毕贺,帝曰:"上天明命,贶以万吉。宜以少牢祀石龟,而爵龟人。"因立受瑞坛。(出《太原事迹杂记》)

译文

唐代的太原有一座"受瑞坛",隋朝大业十三年,唐高祖李渊命令齐王李元吉留守太原。辛丑年,李元吉得到了一块青石,石像龙的形状,上面有四个红色的文字,是"李渊万吉"。齐王把石头进献给李渊,石头上面的字迹照耀清晰,好像是龟的形状。李渊下令将它沾上水在石头上磨,以验证字迹是否是天然形成的。过了几天,字迹更加鲜明。朝廷内外都来祝贺。李渊说:"上天明白地命令,赐给我万年吉祥,要用少牢之礼来祭祀石龟,并给献龟的人以封爵。"因此马上修建了这座受瑞坛。

读后感悟

唐高祖得"李渊万吉"石碑,恐怕也是所谓"顺应天命"的幌子。

名贤

郑玄

原文诵读

郑玄在徐州，孔文举时为北海相，欲其返郡，敦请恳恻，使人继踵。又教曰："郑公久游南夏，今艰难稍平，傥（tǎng）有归来思，无寓人于室。毁伤其藩垣林木，必缮治墙宇以俟还。"及归，融告僚属，昔周人尊师，谓之尚父，今可咸曰郑君，不得称名也。袁绍一见玄，叹曰："吾本谓郑君东州名儒，今乃是天下长者。夫以布衣雄世，斯岂徒然哉？"及去，绍饯之城东，必欲玄醉。会者三百人，皆使离席行觞。自旦及暮，计玄可饮三百余杯，而温克之容，终日无怠。

（出《商芸小说》）

译文

郑玄在徐州，孔融当时担任北海相，他想请郑玄回到北海郡，派人恳切催促，使者接连不断。孔融还说："郑玄先生长时间旅居南方，如今战乱刚刚平定下来，倘若他有回来的意思，却没有居住的房屋。被毁坏的篱笆围墙和花园树木，一定要妥善修理后再还给他。"等到郑玄回来后，孔融告诉手下的官员说，往昔周朝的人尊敬老师，称老师为"尚父"，如今大

家可称他郑君，不得直称他的名字。袁绍一见到郑玄，就感叹道："我本以为郑玄只是东州著名的儒者，今天才知道他是天下的长者。他以平民百姓的身份称雄于世，这难道是平白无故的吗？"等到郑玄离开，袁绍在城东摆酒宴为他饯行，一定想要让他喝醉。参加宴会的有三百人，让他们都离席向郑玄敬酒。从早晨到傍晚，郑玄一共喝了三百多杯酒，但是郑玄温良的表情风度，一整天都没有懈怠。

读后感悟

郑玄为一代大儒，继孔圣之绝学，世无其匹。袁绍为名门孤嗣，诛宦官讨董卓，功败垂成。

蔡邕

原文诵读

张衡死月，蔡邕（yōng）母始怀孕。此二人才貌甚相类。时人云：邕是衡之后身。初司徒王允，数与邕会议，允词常屈，由是衔邕。及允诛董卓，并收邕，众人争之不能得。太尉马日䃅（dī）谓允曰："伯喈忠直，素有孝行。且旷世逸才，

才识汉事，当定十志。今子杀之，海内失望矣。"允曰："无蔡邕独当，无十志何损？"遂杀之。(出《商芸小说》)

译文

张衡死的那一月，蔡邕母亲正好怀孕。他们两个人的才华相貌非常相似。当时的人们说：蔡邕是张衡的后身。当初司徒王允多次与蔡邕辩论，王允经常理屈词穷，因此怨恨蔡邕。等到王允诛杀了董卓，并且拘捕了蔡邕，众人为蔡邕求情而不得。太尉马日磾对王允说："蔡邕忠厚正直，素来有孝顺的名声。况且又是旷世奇才，知道汉朝的事情原委，应该整理律历、礼乐、刑法等十志。现在您杀了蔡邕，恐怕会令天下的人失望。"王允说："没有蔡邕独当一面，仅不能写'十志'，有什么损失呢？"于是把蔡邕杀了。

读后感悟

蔡邕才华满腹，世称张衡后身，多言善辩，终遭横祸，可惜可叹。

廉儉

高允

原文诵读

后魏高允字伯恭，燕太尉中郎韬之子。早有奇度，博通经史。神宪中，与范阳卢玄、赵郡李灵、博陵崔鉴等，以贤俊之胄，同被诏征，拜中书侍郎领著作，与崔浩同撰书。及浩遇害，以允忠直不苟，特见原宥。性清俭，虽累居显贵，而志同贫贱。高宗幸其宅，唯草屋数间，布被缊（wēn）袍，厨中盐菜而已。帝叹息曰："古之清贫，岂有此乎？"赐之粟帛。（出《谈薮》）

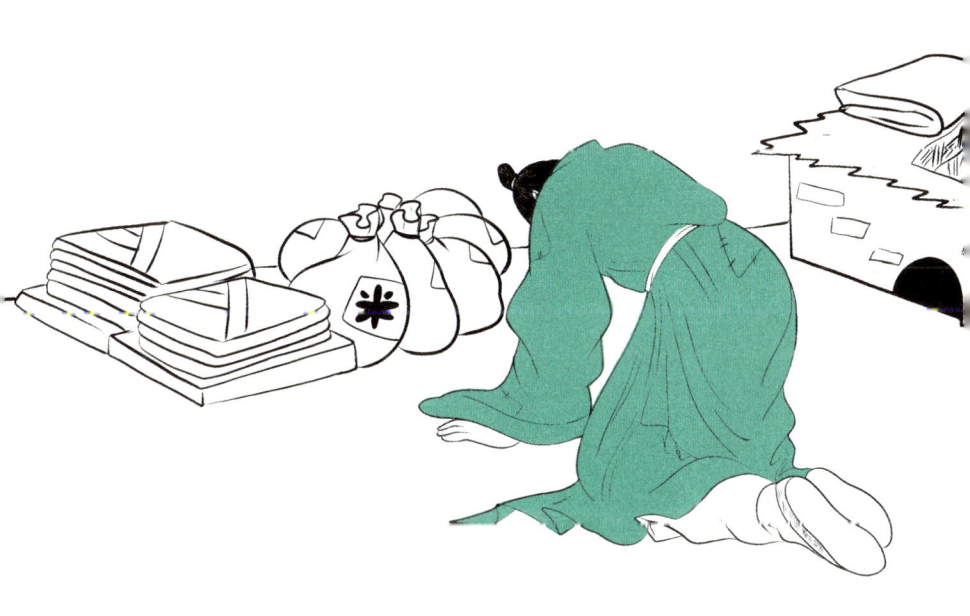

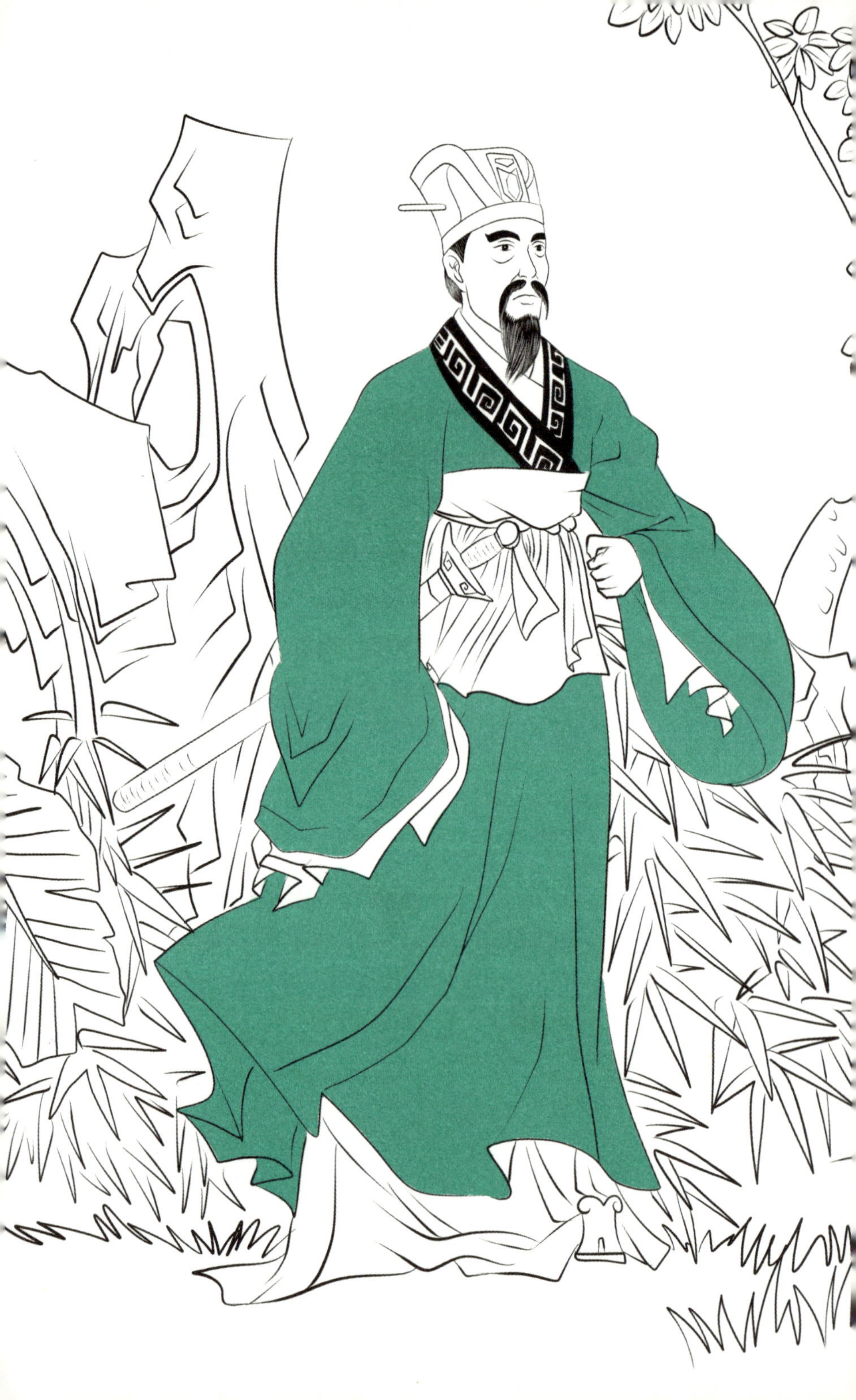

译文

后魏高允,字伯恭,是燕太尉中郎高韬的儿子。他从小就有非凡的胸怀,博览通读经史。神宪年间,他与范阳的卢玄、赵郡的李灵、博陵的崔鉴等人,以贵族子弟的身份同时被朝廷征召,被任命为中书侍郎领著作,同崔浩一起撰写书籍。等到崔浩遇害,因为高允忠诚正直,特地被宽恕。高允清廉俭朴,即使多次身居重要官职,但是志向同没有做官时一样。皇帝到他的家里,见只有几间草房、几床布棉被和几件半新的袍子,厨房里只有咸菜。皇帝感叹道:"古代清贫的官员,难道有这样的吗?"便赏赐给他一些粮食布匹。

读后感悟

忠诚正直,清廉俭朴,从古至今皆为清官之标准。

气义

气义

杨素

原文诵读

陈太子舍人徐德言之妻,后主叔宝之妹,封乐昌公主,才色冠绝。德言为太子舍人,方属时乱,恐不相保,谓其妻曰:"以君之才容,国亡必入权豪之家,斯永绝矣。倘情缘未断,犹冀相见,宜有以信之。"乃破一镜,各执其半。约曰:"他日必以正月望卖于都市,我当在,即以是日访之。"及陈亡,其妻果入越公杨素之家,宠嬖(bì)殊厚。德言流离辛苦,仅能至京。遂以正月望访于都市。有苍头卖半镜者,大高其价,人皆笑之。德言直引至其居,予食,具言其故,出半镜以合之。乃题诗曰:"镜与人俱去,镜归人不归。无复嫦娥影,空留明月辉。"陈氏得诗,涕泣不食。素知之,怆然改容。即召德言,还其妻,仍厚遗之。闻者无不感叹,仍与德言陈氏偕饮,令陈氏为诗曰:"今日何迁次,新官对旧官。笑啼俱不敢,方验作人难。"遂与德言归江南,竟以终老。(出《本事诗》)

译文

南朝陈太子舍人徐德言的妻子,是后主陈叔宝的妹妹,被封为乐昌公主,才华容貌当世第一。徐德言担任太子舍人,正

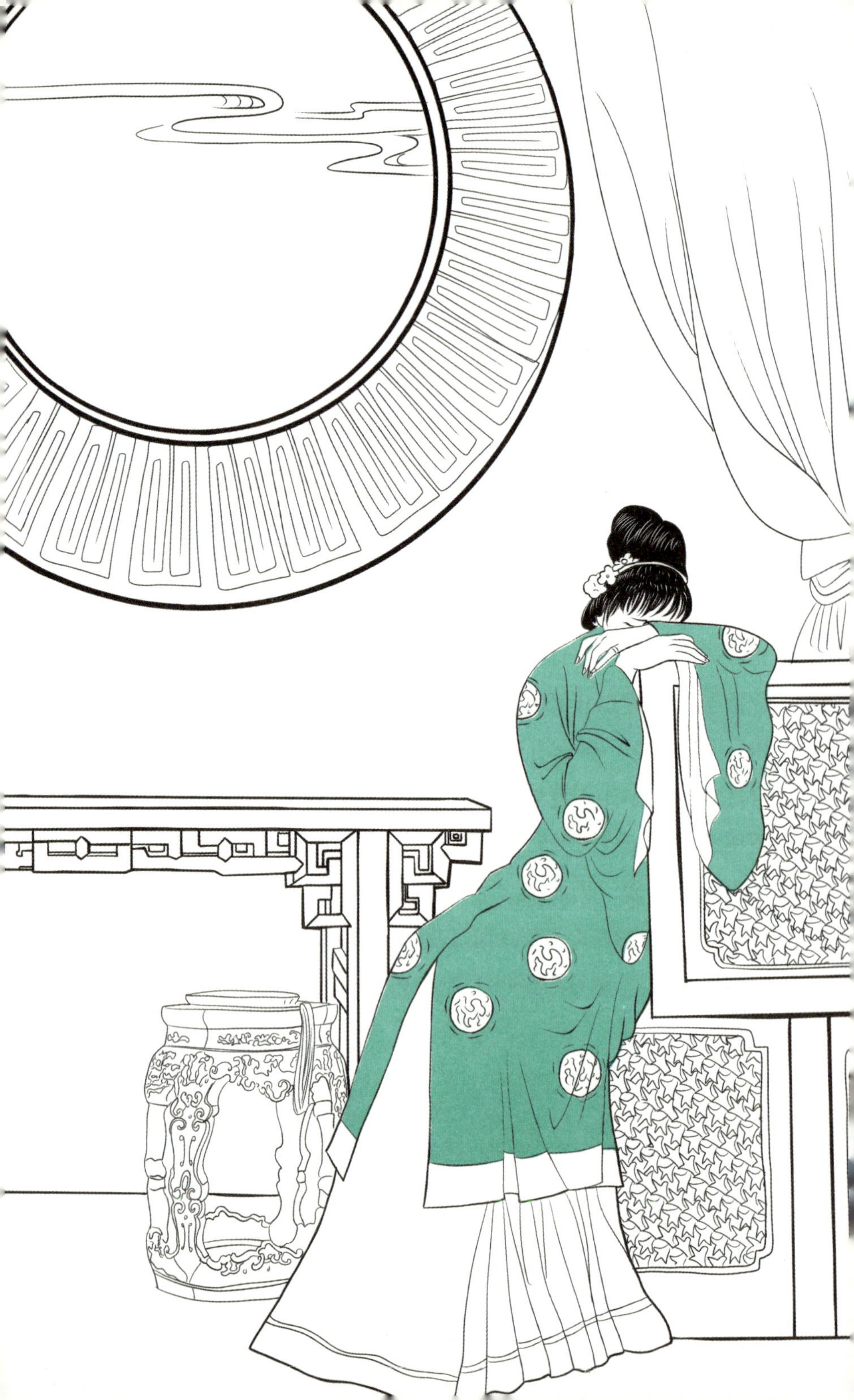

气义

赶上时局混乱，恐怕无法互相保全，对妻子说："以你的才华和容貌，如果国家灭亡了，你一定会流落到有权有势的富豪人家，那么我们就会永别了。倘若我们的缘分没断，还希望相见，应该有一个东西做信物。"于是徐德言折断一面铜镜，每人拿了一半。他们约定说："将来你一定要在正月十五在街上卖这半面镜子，我如果在的话，就会在那天去寻访你。"等到陈朝灭亡，他的妻子果然流落到越公杨素的家里，杨素对她非常宠爱。徐德言流离失所、辛苦辗转，好容易来到京城。他就在正月十五这天到市场上寻找。果然有一个老仆人模样的人出售半片的镜子，要价很高，人们都嘲笑他。徐德言将老人带到自己的住处，给老头食物吃，讲述了自己的经历，拿出自己那一半镜子和老头卖的那半镜子合在一起，并在镜子上题了一首诗："镜与人俱去，镜归人不归。无复嫦娥影，空留明月辉。"陈氏看到题诗，哭泣着不肯吃饭。杨素知道后，面露伤感。就找来徐德言，将妻子还给他，并送给他们许多钱物。听说这件事的人没有不感伤叹息的，杨素为徐德言和陈氏设宴，并叫陈氏也作了一首诗："今日何迁次，新官对旧官。笑啼俱不敢，方验作人难。"于是陈氏和徐德言回到江南，一直到老。

读后感悟

徐德言与其妻身当乱世，竟能破镜重圆，直至终老，亦是人间美谈。

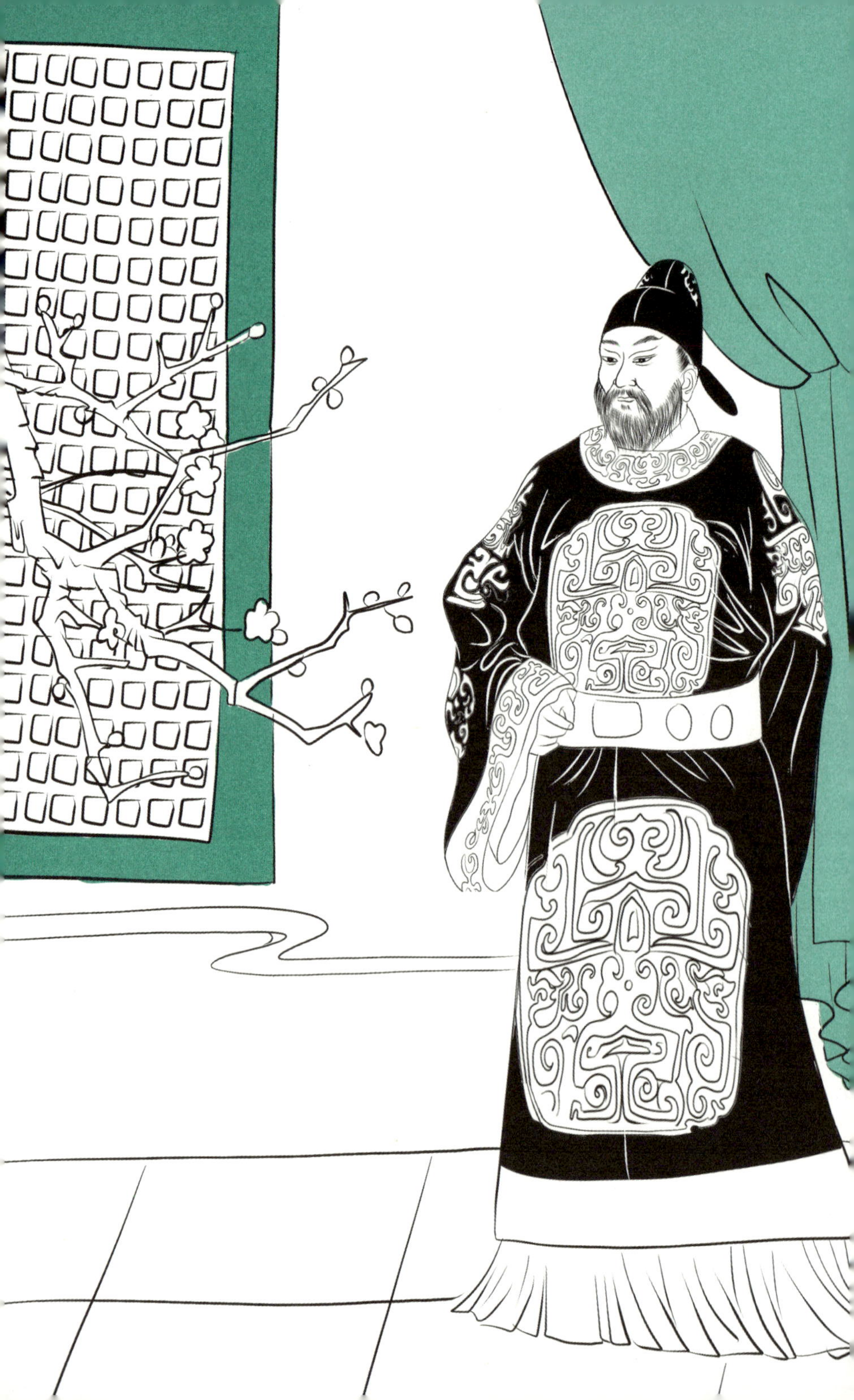

气义

狄仁杰

原文诵读

狄仁杰,太原人,为府法曹参军。时同僚郑崇资,母老且病,当充使绝域。仁杰谓曰:"太夫人有危亟之病,而公远使,岂可贻亲万里之泣乎?"乃请代崇资。(出《谈宾录》)

译文

狄仁杰,是太原人,担任府法曹参军。当时他的同僚郑崇资的母亲年老多病,郑崇资将要到边远地区出使。狄仁杰对郑崇资说:"太夫人病体严重,而你要远行,怎么可以让母亲留在离你万里之远的地方哭泣呢?"于是请求让自己代替郑崇资出使。

读后感悟

狄仁杰出身豪族,与人为善,为人着想,不失宰相气度。

知人

郑 絪

原文诵读

刘瞻之先,寒士也。十许岁,在郑絪(yīn)左右主笔砚。十八九,絪为御史,巡荆部商山,歇马亭,俯瞰山水。时雨霁,岩峦奇秀,泉石甚佳。絪坐久,起行五六里,曰:"此胜概,不能吟咏,必晚何妨?"却返于亭,欲题诗。顾见一绝,染翰尚湿,絪大讶其佳绝。时南北无行人,左右曰:"但向来刘景在后行二三里。"公戏之曰:"莫是尔否?"景拜曰:"实见侍御吟赏起予,辄有寓题。"引咎又拜。公咨嗟久之而去。

比回京阙,戒子弟涵、瀚已下曰:"刘景他日有奇才,文学必超异。自此可令与汝共处于学院,寝馈一切,无异尔辈。吾亦不复指使。"至三数年,所成义章,皆辞理优壮。凡再举成名,公召辟法寺学省清级。乃生瞻,及第作相。(出《芝田录》)

译文

刘瞻的父亲,是个贫寒的读书人。十岁左右的时候,他在郑絪的身边,主理笔墨用具。十八九岁的时候,郑絪做了御史,前往荆部商山,在歇马亭停留,俯视山水。当时正是雨过天

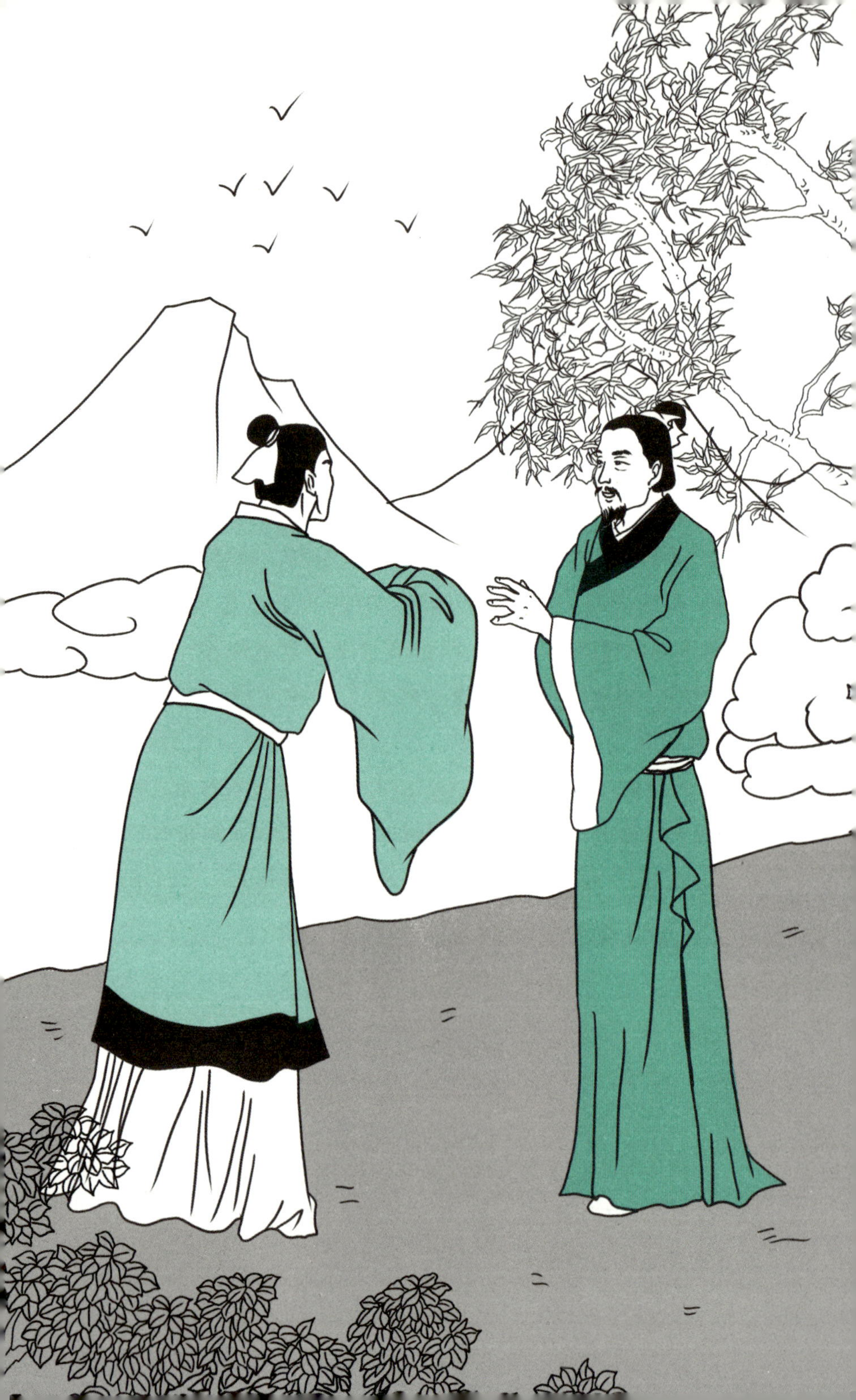

晴，山峦奇秀，泉水山石风景很美。郑绲坐了很久，起身行走了五六里地，说："如此美景，却没有作诗，若是吟诗，就是观赏到天黑又有什么妨碍？"于是又退回亭子，想要题诗。他回头发现亭子上已经题了一首绝句，墨迹还没有干，郑绲惊叹于这首诗写得如此好。当时南北的道路上没有行人，随行的人对郑绲说："刚才只有刘景在后面二三里行走。"郑绲和刘景开玩笑说："莫不是你题的吧？"刘景行了礼说："实在是因为刚才看见侍御史您欣赏风景作诗所引起的，于是写了这首诗题在上面。"认错行礼。郑绲赞叹很久才离开。

等到郑绲回到京城，他告诫自己的子侄郑涵、郑瀚以下的人说："刘景有奇异的才能，将来一天文学才能一定超出常人。从此可以让他与你们在学院共处，饮食起居等和你们没有差别。我也不再支使他做事。"等到三年多后，刘景写的文章，文辞道理优美有力。他共参加两次科举考试及第成名，郑绲征召刘景做了法寺学省清级。后来生了刘瞻，刘瞻进士及第，做了宰相。

读后感悟

世有伯乐，然后有千里马。刘景有特异之才，郑绲有伯乐之明，惺惺相惜，遂有佳话。

精察

王璥

原文诵读

贞观中,左丞李行廉,弟行诠前妻子忠,烝其后母,遂私将潜藏,云敕追入内。行廉不知,乃进状。奉敕推诘峻急,其后母诈以领中勒项,卧街中。长安县诘之,云:"有人诈宣敕唤去,一紫袍人见留数宿,不知姓名,勒项送置街中。"忠惶恐,私就卜问,被不良人疑之,执送县。县尉王璥引就房内,推问不承。璥先令一人伏案褥下听之,令一人报云:"长使唤。"璥锁房门而去。子母相谓曰:"必不得承。"并私密之语。璥至开门,案下人亦起。母子大惊。并具承,伏法。(出《朝野佥载》)

译文

贞观年间,左丞相李行廉的弟弟李行诠的前妻所生的儿子李忠,同继母通奸,将继母偷偷藏了起来,说他的继母被皇帝叫进宫去了。李行廉不知道事情的真相,便向皇帝反映了这件事。有关部门奉皇帝的命令追查得很急,李忠的继母假装被人用披巾勒住了脖子,躺在大街中间。长安县的官吏询问她,她说:"有人假传皇帝的命令将她叫去,有一个穿紫衣服的人留

她住了几宿，不知道他的姓名，又勒住她的脖子，把她送到大街上。"李忠内心惊慌，偷偷地去算卦，被人怀疑，抓住并送到长安县衙门。县尉王璬把带到屋里，审问他，没有承认。王璬事先叫一个人藏在床底下偷听，另一个人来报告说："长使叫您。"王璬锁上房门离开。李忠和他的继母互相约定说："一定不能承认。"并且秘密商量这件事。王璬回来打开门，床底下的人也出来了。李忠和他的继母大吃一惊。他们全都承认，受到了法律的制裁。

读后感悟

俗话说："要想人不知，除非己莫为。"此言得之。

刘崇龟

原文诵读

刘崇龟镇南海之岁，有富商子少年而白皙，稍殊于稗贩之伍。泊船于江，岸上有门楼，中见一姬年二十余，艳态妖容，非常所睹。亦不避人，得以纵其目逆。乘便复言："某黄昏当诣宅矣。"无难色，颔之微哂而已。

既昏暝，果启扉伺之。比子未及赴约，有盗者径入行窃。见一房无烛，即突入之，姬即欣然而就之。盗乃谓其见擒，以庖刀刺之，遗刀而逸，其家亦未之觉。商客之子旋至，方入其户，即践其血，汰而仆地。初谓其水，以手扪(mén)之，闻鲜血之气未已。又扪着有人卧，遂走出。径登船，一夜解维，比明，已行百余里。其家迹其血至江岸，遂陈状之。

主者讼穷诘岸上居人，云："某日夜，有某客船一夜径发。"即差人追及，械于囹(yǔ)室，拷掠备至，具实吐之，唯不招杀人。其家以庖刀纳于府主矣，府主乃下令曰："某日大设，合境庖丁，宜集于毬场，以候宰杀。"屠者既集，乃传令曰："今日既已，可翌日而至。乃各留刀于厨而去。"府主乃命取诸人刀，以杀人之刀，换下一口。来早，各令诣衙请刀，诸人皆认本刀而去，唯一屠最在后，不肯持刀去。府主乃诘之，对曰："此非某刀。"又诘以何人刀，即曰此合是某乙者。乃问其住止之处，即命擒之，则已窜矣。

于是乃以他囚之合处死者,以代商人之子,侵夜毙之于市。窜者之家,旦夕潜令人伺之,既毙其假囚,不一两夕,果归家,即擒之。具首杀人之咎,遂置于法。商人之子,夜入人家,以奸罪杖背而已。彭城公之察狱,可谓明矣。(出《玉堂闲话》)

译文

刘崇龟镇守南海那一年,有一个富商的儿子年少而且长得白皙,不同于一般的商人。有一天,他的船停靠在江边,岸上有一座住宅。里面有一个女子,年龄有二十多岁,长得非常美丽妖艳,不是平常所能见到的。这个女子也不躲避人,所以富商的儿子得以和她交换目光眉来眼去,乘机和她说:"我傍晚到你家里去。"女子面无难色,只是点头微笑。

天色暗下来之后,这个女子果然开着门等富商的儿子。没等富商的儿子前来赴约,有一个小偷直接进来偷东西。他看到一间屋里没有点灯,便蹿了进去。那女子高兴地扑了上去。小偷以为来人要抓他,便用杀猪刀刺了女子一刀,然后扔下刀跑了,女子的家人没有发觉。富商的儿子随后来到,刚进屋里,就踩到了鲜血上,立刻摔倒在地上。一开始他以为是水,用手一摸,闻到了一股血腥味。接着又摸到有人躺在地上,便赶忙出去。直接上了船,连夜开船逃走。等到天亮,已经驶出一百多里。女子家里的人循着血迹找到江岸。然后便到官府报了案。

主持办案的官员极力询问了住在江边的人,有人说:"某月夜晚，有某一条船夜里发出"。办案官员立刻派人把富商的儿子追回，将他关到狱里严刑拷打。富商的儿子供出实情，只是没有承认杀人。女子家里的人把捡到的杀人凶器——一把杀猪刀，交到官府。郡守下令说："某日召开盛大宴会，全境的屠夫，都要集中到球场上，等着屠宰牲口。"屠夫们聚集以后，他又传令说："今天已经晚了，明天再来。"于是屠夫们各自把杀猪刀留到厨房里就离开了。然后他又叫人把屠夫们的刀取来，用杀人那口刀换下一口刀。第二天早晨，命令屠夫们到衙门去取刀，众人都认领了自己的刀走了，只有一个屠夫留在最后，不肯拿刀。郡守问他为什么不取刀，他说："这不是我的刀。"又问他是谁的刀。屠夫回答说："应该是某人的刀。"于是问了刀的主人居住的地方。郡守立刻派人去抓，结果杀人者已经逃走了。

于是郡守又命令将牢狱里应处死的犯人，假装成富商的儿子，傍晚时公开处死在市场上，逃跑的杀人犯的家属，每天早晚都探听官府的消息。处死了那个囚犯后，没过一两天，杀人者就放心地回家了，马上就被官府抓来，他全部招认了杀人的经过，按法律被处以死刑。商人的儿子夜入民宅，以通奸罪论处，只被处以杖刑。彭城公审理案件，可以说是明断的。

读后感悟

天网恢恢，疏而不漏。刘崇龟断案，神明清正。人不立于危墙之下，富人之子所宜深戒。

俊辯

匡衡

原文诵读

匡衡字稚圭,勤学而无烛,邻人有烛而不与,衡乃穿壁引其光,以书映之而读之。邑人大姓文不识,家富多书,衡乃为其佣作,而不求偿。主人怪而问之,衡曰:"愿得主人书,遍读之。"主人感叹,资给以书,遂成大学。能说《诗》,时人为之语曰:"无说《诗》,匡鼎来,匡说《诗》,解人颐。"鼎,衡小名也,时人畏服之如此,闻之皆解颐欢笑。衡邑人有言《诗》者,衡从之,与语质疑,邑人挫服,倒屣而去,衡追之曰:"先生留听,更理前论。"邑人曰:"穷矣。"遂去不顾。(出《西京杂记》)

译文

匡衡,字稚圭,他勤奋好学,家里但没有蜡烛,邻居家有蜡烛但不借给他,他便凿穿墙壁把烛光引过来,拿着书对着烛光读。同乡有一大户人家,连自己的姓名也不认识,家庭富裕,有很多书,匡衡为他打工,但不要工钱。主人感到奇怪就问匡衡原因,匡衡说:"希望能借来你的书,全都读一遍。"主人感慨叹息,便给匡衡书读,匡衡于是成为一个大学问家。

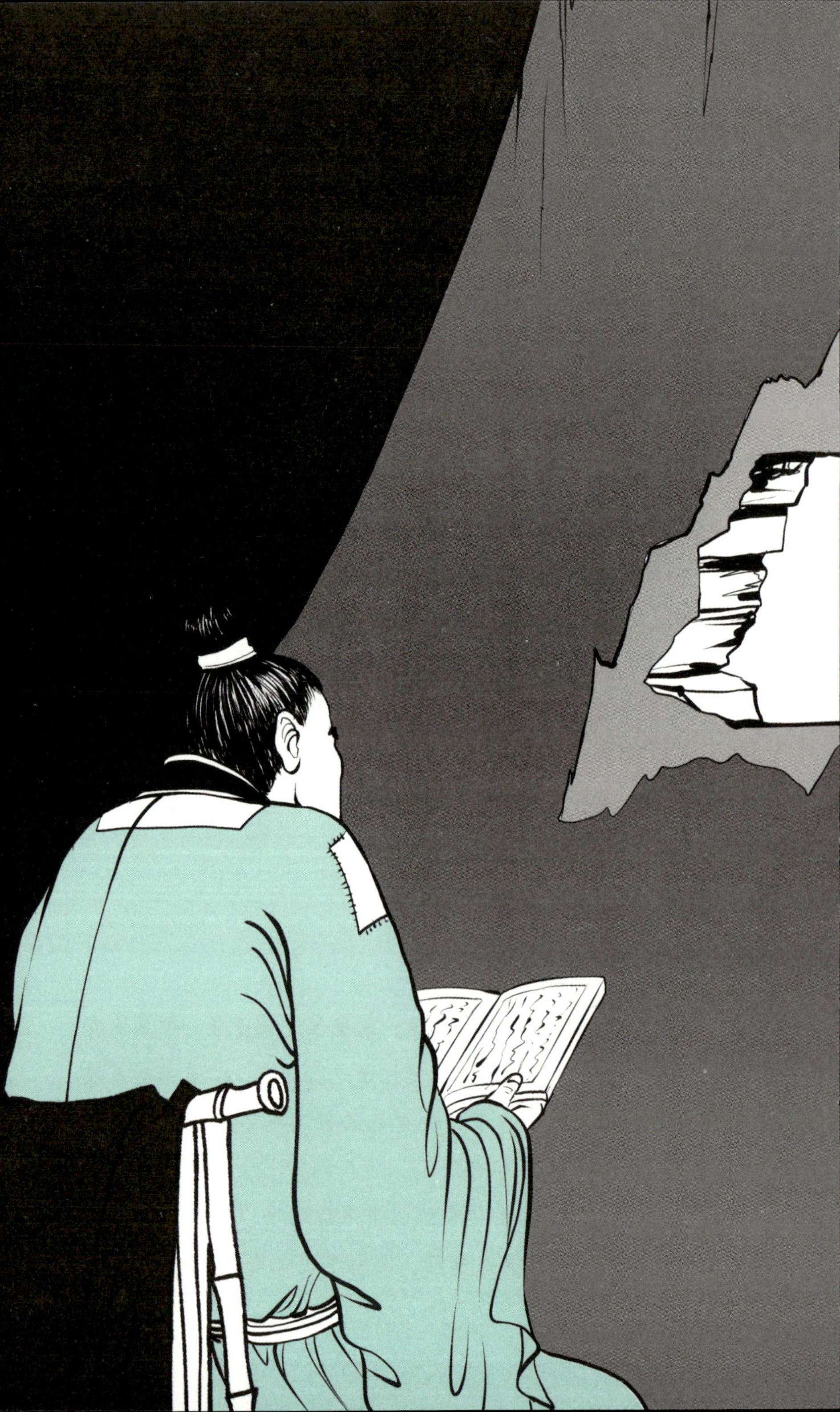

匡衡能够讲解《诗经》，人们为他编写了一首歌谣说："无说《诗》，匡鼎来，匡说《诗》，解人颐。"鼎，是匡衡的小名，人们竟是这样敬佩他，听他讲解《诗经》的人都开颜欢笑。匡衡的乡人有谈论《诗经》的，匡衡便前去拜师，同这个人讨论《诗经》的疑难问题，这个人被驳倒叹服，倒穿着鞋离开了，匡衡追上去说："先生请留下来听我和你讨论前面的问题。"乡人说："我讲完了。"于是头也不回地离开了。

读后感悟

匡衡凿壁偷光，勤学不倦，终成大儒。

裴琰之

原文诵读

裴琰之作同州司户，年才弱冠，但以行乐为事，略不为案牍。刺史谯国公李崇义怪之而问户佐，佐曰："司户达官儿郎，恐不闲书判。"既数日，崇义谓琰之曰："同州事物固系，司户尤甚，公何不别求京官，无为滞此司也。"琰之唯诺。复数日，曹事委积，诸僚议以为琰之不知书，但遨游耳。

他日，崇义召之，厉色形言，将奏免之。琰之出，谓其佐曰："文案几何？"对曰："遽者二百余。"琰之曰："有何多，如此逼人！"命每案后连纸十张，仍命五六人以供研墨点笔。左右勉唯而已。琰之不之听，语主案者略言事意，倚柱而断之。词理纵横，文华灿烂，手不停缀，落纸如飞。倾州官僚，观者如堵墙，惊叹之声不已也。案达于崇义，崇义初曰："司户解判邪？"户佐曰："司户太高手笔！"仍未之奇也，比四五十案，词彩弥精。崇义悚怍，召琰之，降阶谢曰："公之词翰若此，何忍藏锋，成鄙夫之过！"是日名动一州。数日，闻于京邑，寻擢授雄州司户。（出《御史台记》）

译文

裴琰之担任同州司户时，刚刚二十岁，每天只以玩乐为事，一点也不关心处理公文。刺史谯国公李崇义感到奇怪而去询问户佐。户佐说："司户是达官贵族家的孩子，恐怕不擅长处理公文。"过了几天，李崇义对裴琰之说："同州的公务本来就多，司户尤其繁忙，你何不另外谋求做个京官，没有必要滞留在这里。"裴琰之点头称是。又过了几天，司户应该办理的公文堆积，诸人私下议论，认为裴琰之不会撰写公文，只会玩乐。

有一天，李崇义召见裴琰之，严厉地说，要请示朝廷将他免职。裴琰之出来问户佐："有多少要处理的公文案卷？"户佐回答说："着急处理的有二百多份。"裴琰之说："这有什么多的呢，竟如此逼迫人！"他让人在每件等待处理的案卷后面附上十张纸，又让五六个人给他研墨濡笔，左右的人勉强答应。裴琰之不听详细情况，只让主办各个案卷的事务的人员汇报事情的大概情况，他倚着柱子写判词，词意奔放，文笔华美，手没有停下来的时候，写完的纸如飞落下。州府的官员都赶来了，围观的人像一堵墙一样，惊异赞叹的声音不断。处理完的公文案卷送到李崇义那里，李崇义一开始还问："司户会处理公文吗？"户佐说："司户手笔太高了。"李崇义仍然没有感到惊奇。等到他看了四五十卷，发现词句语言非常精彩。李崇义惊奇惭愧，召见裴琰之，走下台阶道歉说："你的文章这么好，怎么忍心隐藏锋芒，造成我的过错啊。"这天，裴琰之的声名震动全州，几天后，传到京城。不久，他被提拔授予雄州司户的官职。

读后感悟

裴琰之此事与庞士元相类，此所谓"不飞则已，一飞冲天；不鸣则已，一鸣惊人"。

幼敏

幼敏

王勃

原文诵读

王勃字子安,六岁能属文。清才浚发,构思无滞。年十三,省其父至江西。会府帅宴于滕王阁。时帅府有婿善为文章,帅欲夸之宾友,乃宿构《滕王阁序》,俟宾合而出之,为若即席而就者。既会,帅果授笺诸客,诸客辞。次至勃,勃辄受。帅既拂其意,怒其不让,乃使人伺其下笔。初报曰:"南昌故郡,洪都新府。"帅曰:"此亦老生常谈耳。"次曰:"星分翼轸(zhěn),地接衡庐。"帅沉吟移晷。又曰:"落霞与孤鹜齐飞,秋水共长天一色。"帅曰:"斯不朽矣!"(出《摭言》)

译文

王勃,字子安,六岁时就能写文章。他的才能卓越、文思敏捷,构思巧妙没有停滞。他十三岁时去江西看望父亲。恰逢府帅在滕王阁举行宴会。当时府帅的女婿擅长写文章,府帅想要在宾客面前夸耀,于是预先写作了《滕王阁序》,等到宾客聚会时再当众写出来,说成是即席而作的。宴会开始后,府帅果然分发纸张给各位宾客,大家都推辞不要。轮到王勃,王勃

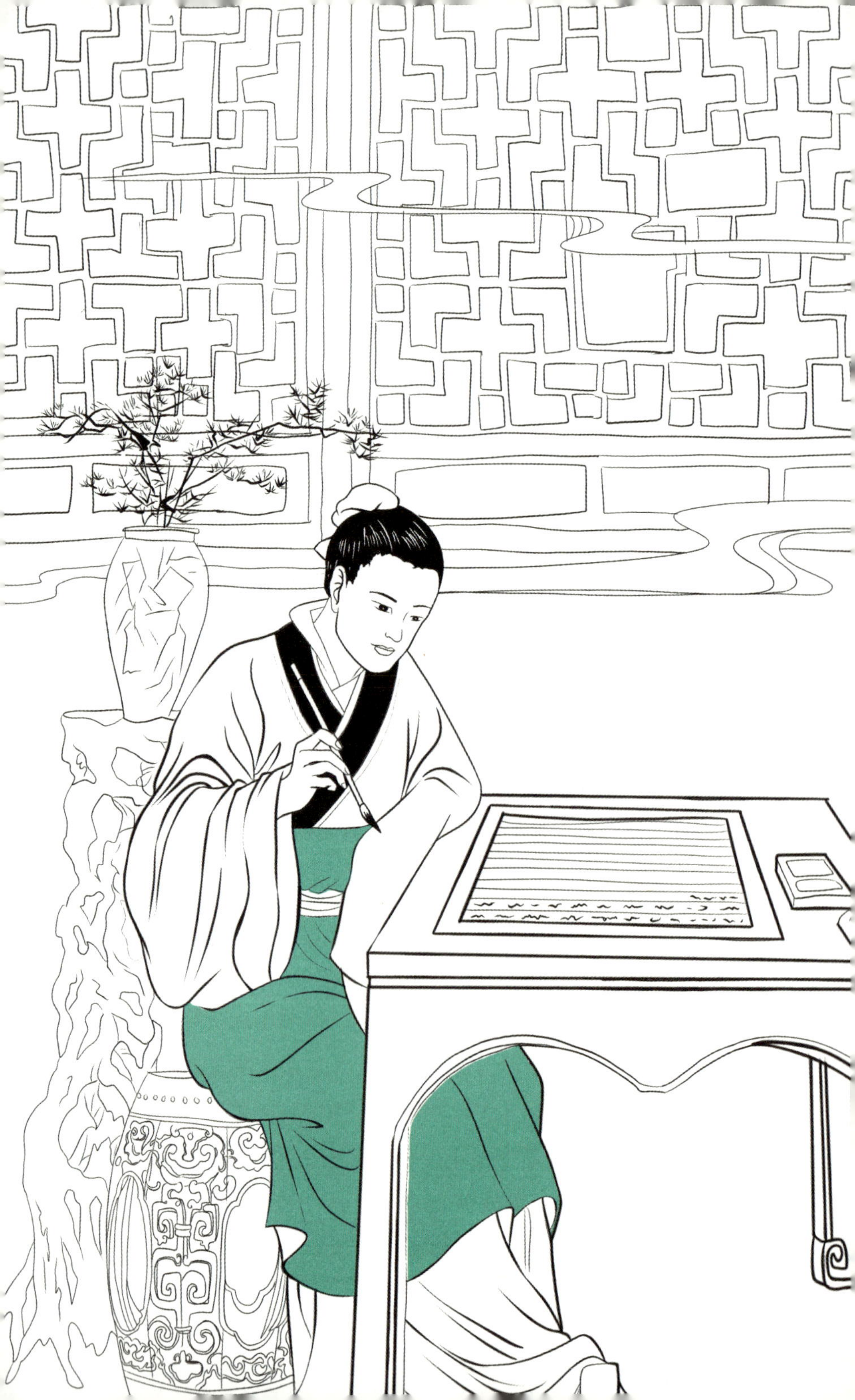

就接了下来。府帅见王勃违背了他的意思,心里对王勃毫不谦让的态度很生气,便叫人观看王勃下笔写作。一开始报告说,王勃写的是:"南昌故郡,洪都新府。"府帅说:"这也只是老生常谈而已。"接着报告说:"星分翼轸,地接衡庐。"府帅沉默深思了很久。又报告说:"落霞与孤鹜齐飞,秋水共长天一色。"府帅说:"这文章可以不朽了!"

读后感悟

王勃《滕王阁序》,为唐文名篇,是不朽之文。